ANSAI
YAOGU

安塞腰鼓

刘成章 —— 著

开明出版社

图书在版编目（CIP）数据

安塞腰鼓：刘成章散文 / 刘成章著 . —北京 : 开明出版社 , 2018.5

ISBN 978-7-5131-4295-3

Ⅰ . ①安… Ⅱ . ①刘… Ⅲ . ①散文集 - 中国 - 当代 Ⅳ . ① I267

中国版本图书馆 CIP 数据核字 (2018) 第 080374 号

责任编辑：卓玥

安塞腰鼓：刘成章散文

著　者：刘成章

出　版：开明出版社

（北京海淀区西三环北路 25 号　邮编 100089）

印　刷：北京旭丰源印刷技术有限公司

开　本：880 × 1230　1/32

印　张：8.25

字　数：170 千字

版　次：2018 年 11月第 1 版

印　次：2018 年 11月第 1 次印刷

定　价：39.80 元

目录

浅 春

春深了的时候，满眼是绿，绿，绿，满眼是墨绿，满眼是雷霆也炸不碎的绿；今天如此，明天如此，后天亦复如此；万物都是踌躇满志的样子，万物都似乎懒得再动一动了。那，有什么好呢？

眼前可好，是浅春。

这浅春，猛一看去，山是灰黄的一片，树是灰黄的一片，仿佛要使人失望了；可是细瞅那山的坡塄上，树的枝丫间，也有绿：初起的绿，惊醒的绿，跃动的绿。这绿虽然不多，却给人以十分有力的点化。仿佛到处都闪烁着一些什么信息。仿佛到处都包藏着一些什么暗示。它使你不能不像孩子一样，想跑，想跳，想探明一些什么奥秘。而当你甩开胳膊迈开腿的时候，你浑身的每个关节，好像都在情不自禁地歌唱了。

起风了，你向前走去；下雨了，你照样儿向前走去。因为你知道：那初起的绿，惊醒的绿，跃动的绿，风雨，是抹不掉的；它们只会在风雨中健壮起来，繁衍开去。

看看这片风雨中的草坪吧！一簇一簇细长的枯叶，仍然长在地上，像拖把上的烂布条条一样，厚厚地堆了一层。连雨珠儿的晶莹装饰也不能使它变得稍许好看一些；而就在这枯叶的缝隙，像阳光射穿僵死的云层，像琴声飞出残破的窗口，一支支鲜活而刚劲的绿芽，于腐朽间，于疮痍中，冲出来了！窜出来了！拼着搏着站起来了！枯叶就像是一片废墟，而绿芽就像蓦然矗起的幢幢高楼；枯叶就像是一片荒漠，而绿芽就像是直指云天的枚枚火箭。这情景，立时给人以一种十分强烈的新生的感觉，崛起的感觉，不可抗拒的感觉。

夜里，真冷。你不能不生起炉子，蜷缩到被窝里去，连胳膊也须盖得严严实实。你不由想起古人“乍暖还寒时候”的诗句，对我们祖先的绝妙概括发出由衷的赞叹。而第二天早晨出门一看，嗬呀！地上竟铺着霜了！一些绿芽也被冻成蔫溜溜的样子了！

可是，当忧伤的情绪还来不及散开的时候，强占你心头的，却又是一片喜悦。在暖洋洋的太阳光中，那些被冻蔫了的绿芽，又都恢复了充沛的生气。而且，就在山崖下那蓬荆棘丛中，出现了更加令人鼓舞的新意——开了几朵金灿灿的蒲公英的花儿。在那儿，闪耀着多么鲜亮的奋斗者的欢欣！

这时候，你的心上会生出些什么样的欲望？你难道不想让蓬勃向上的精神注满你的周身，去探索，去创造，去促使这时代像浅春一样，变幻出愈来愈美的色彩么？

鸟　趣

在千阳县生活了半年多时间，我有一种感慨，想：人们为什么老爱往大城市里跑，挤在大城市里呢？看这儿，多好！

千阳县偏僻些，穷些，但她有山，有水，空气清新，风光秀丽。特别使人爱恋的，是这儿有数不尽的鸟儿。

冬天鸟儿就不少，一进入春季，简直成了鸟儿的世界了。

千阳的鸟儿，多得就像都市里的自行车。

天空，自然是鸟儿翱翔的自由世界；林中，也回荡着鸟儿追逐戏闹的声音；就是水库的清湛湛的水面，也时不时听到“扑哧”一声，不是鱼儿，而是一种长喙无尾的小鸟，从水中窜出……

这是野外的情景。县城里呢，在街道上，在百货商店的门口，在饮食摊点的周围，也常见鸟儿欢叫着飞来飞去。

而且，绝少见到不讨人喜欢的麻雀，几乎都是些有美丽羽毛的、有着不同飞翔动作的、有着动人歌喉的各色各样的鸟儿。我想，随便捉一只去，都会使都市里的孩子们惊羡不已。

我住的屋子，是被鸟儿的鸣声浸泡透了的。每天我都枕着鸟声，踩着鸟声，呼吸着鸟声。住在这个屋子，即使读世界上最枯燥的文字，也不会昏昏欲睡的。因为鸟声的浸润，每个字，每句话，都变得如花似草，充满生气。要是想看鸟儿，几乎随便什么时候抬抬头，隔着纱窗就能看见。鸟儿总爱落在对面的房脊上。有的小步跳着，不住地变换着站立的方向；有的抖抖翅膀，又把长长的尾巴翘一翘；还有的，则把它的喙时而扭转到背上，时而勾到胸前，一啄，一啄，于是，背上和胸前的羽毛便耸起蓬蓬的一撮，接着又平复了——它在梳理羽毛。而且不论哪种鸟儿，都是一边动作，一边叫着的。鸟儿恐怕都不知“沉默”为何物，它们成天鸣叫着，向世界奉献着自己的音乐。鸟儿们是最快乐的，最无忧无虑的。

有时半夜醒来，往往能听到栖在树上的鸟儿，叫那么一声半声。那叫声是不成腔不成调的，是含混不清的。显然，熟睡的鸟儿也像人一样，在说梦话呢。我曾经多次梦到过鸟儿。我想，在鸟儿令人神往的梦中，也应该有我的一席之地吧。

一天从食堂端饭回来，我看见一只老鸟儿在教它的雏儿学飞。老鸟儿长着五彩的羽毛，雏儿灰灰的，五彩隐约露出，嘴角是黄的。老鸟儿在前，雏鸟儿在后，飞一会，停一停。老鸟儿刚落到自来水池子上，看见我来了，立即飞上房檐；但雏儿却稚嫩得很，明明看见我到了水池边，却还要落下，而落下又感到十分危险，于是小爪爪还未立稳，又慌忙朝老鸟儿飞去。看来，它的心灵还是囫囵一块，还没有裂开灵活性的缝缝儿。这傻得可爱的雏儿！

小洋槐

仿佛过春节的时候，看见叔叔伯伯们都在燃放爆竹，爆竹声噼里啪啦，传遍东南西北。看着看着，它眼热了，心动了，忍不住了，多么急切地希望这世界上也能够有自己的声音，于是，歪歪趔趔地跑上前去，伸出它的白胖胖的小手，也点响了一串鞭炮。

我说的是一株小洋槐。小洋槐，开了一串鞭炮声似的花儿。

展眼望去，别的洋槐都很高大，它们的树干都有一搂粗，斜枝横杈互相交织着，纠挂着，上面是层层密密的绿叶和重重叠叠的花串。有的树根裸露在顽石间，更显示了它们的有力和强悍。风吹来，它们的枝叶就像大海的波涛翻滚；如果走进林子里去，就像遮天夜幕降临，到处黑黝黝的。而这株小洋槐，实在是够小的了，够纤弱的了：树干不足一米高，筷子般粗细，赤条条的，上面还没生出一条枝杈，只挑着稀稀落落的几片叶子。可是，它却是十分好强的，当别的洋槐开花的时候，它居然也开了花儿！

显然，小洋槐是使尽了全身的力气，才开出这花儿的。

别的洋槐都有悲壮的经历，不屈的性格。雷电，轰击过它们；狂风，撕扯过它们；暴雨，抽打过它们。至今还可以看见，它们的身上伤痕累累，疤迹斑斑。有的粗壮的枝条不知在什么年月已被折断，枯死了，却依然悬在树上。但是，它们却不曾倒下，反而以虽然衰老却越发顽强的精神，挺立在山河之上，蓝天之下。而这株小洋槐，压根儿不知世间还有什么磨难，它的心灵明净得就像一颗露珠。但是，它们都开了花儿，尽管那花儿的数量与别的洋槐悬殊是那么巨大。

要说少，小洋槐的花儿真够少了，只有可怜兮兮的一串。不过，这一串花儿硬抵上一个神奇的砝码，使天平的那边立时失去了分量——人们纷纷把目光调离别的槐树，而一律投向这里，议论说：花串上有花儿，还有待放的苞儿。说：花儿通体雪白，苞儿是些小角角，底部淡绿，上端才泛了白色。说：这花儿多可爱，啧啧！

游人走远之后，其中一人忍不住回过头来，只见一只小鸟落在小洋槐上，小洋槐被压弯了腰，抖动着，抖动着，像是要折了的模样，但是，最终还是挺住了。

它站得笔直。

小鸟在唱歌。

跑　藤

“春种一粒粟，秋收万颗籽”，这是人世的基本道理。可是我们种了些大蒜，不知何故，施肥浇水地折腾了好几个月，结果刨出来一看，一个个蒜头竟小得让人哭笑不得。它的分量丝毫不曾增加。我们只是改变了一下它们的形状：下种时如月牙，现在变成球形的了。咳！

我们还种了些西红柿。西红柿的生长期也像大蒜一样漫长，但它却没有让人失望。等到时间它就开花了，结果了，而一旦它的果实开始红了，那真是争着抢着地红，让你不知该摘哪个是好。

最好种的应该是小白菜了，种子撒下去，只要没有病虫害的侵扰，它宝石般的绿，一个月就可以在炒锅里轻歌曼舞了。收了一拨又一拨，真叫人喜不自禁。

瓜类是很有特点的作物，我们种了两个品种的南瓜，还种了几棵瓠瓜。南瓜出苗之后，起初是两片叶，接着有了三片四片，一直到了五六片，欢跃活泼；却只是慢悠悠地长着，个头总不见大。可是有一天，我们发现它的头上生出藤蔓了，而就在这一刻起，它开始猛长了。那藤蔓简直是在牵着它快速奔跑。我们后来知道，这就叫跑藤。据说西瓜也是会跑藤的，但对西瓜来说，跑藤是一件很糟糕的事情，预示着结不好瓜或者根本不结瓜了。而南瓜的跑藤却大可不必紧张，我们只给它掐了掐尖，让它有所节制，就好了。实际上南瓜跑起藤来，还是一道难得一见的好风景呢，你看它们棵棵都在跑，并且一边跑，一边开花，一边结瓜。这时候欣赏着它们，就像读着一首好诗或者一幅好画，我们的心里不由不充满着快感和喜悦。

有一天，忽然发现在西红柿的旁边，又长出一棵秧苗了，看那叶子，无疑是一棵什么瓜了。我们在这儿并没有种瓜的，大概是什么时候无意间将瓜种遗落在这儿，才让它获得了一份生命。心里怀着对它的疼爱之情，每当我们给别的菜们浇水的时候，也不忘给它浇上一勺。

但我们难以断定它到底是南瓜还是瓠瓜。由于这样，很自然地，我们非常留意它下一步会怎么发展。如果是南瓜，也想搞清它究竟是哪种南瓜。

它终于长大起来，并且开了黄色的花朵，接着，花朵下面又膨出瓜蛋蛋了。我们仔细一看，哎哟！它既不是南瓜也不是瓠瓜，出奇了，它竟是一棵冬瓜！

我们不能不在心里思谋：它的种子是风吹来的，还是鸟屙下的？反正太好了，它是一棵飞来的瓜呀，正好填补了的我们菜园里的一项空白。

于是，我们精心地关照着它了。

我们注意到，和南瓜极为相似，在生出藤蔓之前，它长得很慢，要静静地在那儿呆上好多天，但一旦生出了藤蔓，它的生长的态势就不一样了。它充满了蓬勃向上的力量。它的藤蔓总是探出身子四处窥测，寻找，试探，总是悸动着，转动着，躁动着，没有一分钟是安分的。我于是隐约意识到，将有一件什么事情要在它的身上发生了。而对南瓜的跑藤了如指掌的老伴说：跑藤在即！它是在做热身运动了！果然，它第二天就开始跑了。

那是一场别开生面的跑呀。

你看，它飞跑向前的藤蔓，姿势优雅，有如运动员长跑时形成的前倾角。如果把时间稍加浓缩，你便会看到，当遇到一道塄坎的时候，它一跃而过，然后就高举着一朵金色的花儿犹如奏响着凌厉的号角，一往直前。它起先只有五六片叶子，不久就变成十几片了，十几面绿旗在风中飘扬。此情此景，恐怕只有“浩浩荡荡”这个成语才可以形容。又不久，它就冲向西红柿，只见它踩踏着西红柿的茎，挤压着西红柿的叶，碰撞着西红柿的花和果，更不理会途中的野草杂花们会有些什么感受，脚不点地地一路跑过去，跑过去，不知疲倦地跑。

它本来只有一个头，可是几天之后，它就变成了好多的头。每个头都躬起在空中，转动如巨龙之头，长在上面的细而灵活的卷须自应是龙须了。它们展开了跑藤的竞赛。它们齐头并进，互不相让。它们一边跑一边张叶一边开着雄花雌花并且一路结瓜。它们好像是比谁在这世界上活得更加精彩。

我们每走到那儿，下意识里，就像上了运动会的看台。我们在心里向它们欢呼，鼓掌。而它们好像也受到了鼓舞，劲头更足了。到了一堵大墙边的时候，几乎是在一夜之间，它们都攀爬上去了。

待大墙绿遍之后，它们又蜇转身跑至地上。它们似乎调整了速度，时而慢跑，时而有如散步。看来它们需要积蓄新的能量。它们比的是坚忍的意志和持久的耐力。

没过多少天，它们的叶子已今非昔比，蔚为壮观，数都数不过来。粗略估计，起码达到三四百片了。夏日的烈日照晒下，三四百片叶子就像三四百支举起的伞，给西红柿们遮着阴凉。而在风雨中，有的西红柿要跌倒了，是它们又急忙伸出卷须之手，把它搀扶起来。而有的西红柿似乎在它们身上学会了自强，硬是拨开了它们的叶藤，另创天地。

感觉里，跑累了的时候，它们便蹲下休息。一颗颗冬瓜就是它们蹲着的形象。蹲下五六个壮实后生。它们身上遍布着密密的汗毛，好像随着它们的呼吸声微微颤动。不知这些相距不远的后生们，隔了片片叶子，在谈论着些什么。

这时候我们看了看它们的根。我们不能不为之大吃一惊。记得两个月前，那根长得多细多弱呀，可是现在，它已壮如黑绿色的钢铁的缆绳了。我们就给这根上施肥。我们一边施一边望着它们的藤蔓和叶片。我们惊喜地看见，不知不觉间，它们已覆盖了少半个菜园，而且，其前进的脚步已经深入到了院子里的水泥地面。

世界上有许多跑，比如跑×，跑××，等等，都是为了某种目的和利益。它们则不是。它们好像只是为了以自己的奔跑彰显生命应有的强悍和洒脱。

由于它有追逐阳光的习性，在跑藤的途中，它的藤和卷须，是随着地球的旋转而旋转的。在万类生命之中，它虽只是小小的一芥，但你从它的动作上，却可以感受到宇宙的节奏和律动。它和宇宙间的茫茫星云息息相通。

八十年代的老鼠

出差回来，擦了一把脸，从旅行袋里翻出几份材料，一边整理着，一边听正在为我做饭的妻子叙说；到后来，材料占据了我的整个心田，而妻子的话，不管是风，是雨，全然充耳不闻了。

待了一会儿，却又听见一句：

“……我掀门一看，嘿！人家三四个，都在咱们的长沙发上蹲着呢！”

我不由一怔，抬头注意听起来。

“真欺负死人了！你看，把三彩马的尾巴也打掉了！”

高低柜上，我的心爱的三彩马，果然没了尾巴，它的屁股上留下一个十分刺眼的白白的痕迹。

我心里闪出一伙彪形大汉的影子，于是紧张地问：

“谁？他们是谁？”

妻子却出人意外地说：

“老鼠！”

原来是老鼠。我不禁哑然失笑了。生活中的许多片断，是极富于戏剧性的。

这天晚上刚一睡下，老鼠就活动起来了。一会儿，当地一声，撞倒了瓶子；一会儿，啃得木箱笃笃响；一会儿，互相追逐，戏闹，一声一声鸣叫，一阵一阵很大的响声。我和妻子的沉沉睡意，全被它们冲光了。这些可恶的东西！

妻子忧心忡忡：

“我是没法儿了，你看怎么办吧！”

我不在意地说：

“小事一桩！五十年代读初中的时候，大搞爱国卫生运动，我还曾被评为捕鼠小能手呢。”

的确，消灭这几个老鼠，我觉得蛮有把握，觉得是不费吹灰之力的事情。

第二天，我借来了鼠夹、鼠笼。我信心十足，准备把它们一网打尽。

出人意料的是：它们竟一个也没有上钩。

第三天，我又买来了鼠药，精心地包了许多饺子，并且在饺子皮上涂了些香油，等待着老鼠前来送死。

依然出人意料：老鼠把饺子倒是都吃了，只是安静了半天，又闹腾起来了。

看来，我原先把事情看得太轻松了；与当年的老鼠不同，它们精灵极了，并且有了极强的抗药性。

我又想了许多办法，又买了一些别的老鼠药，但是，也失败了。

我不死心。在一个星期天的早晨，动员了妻子和儿女，和我一起大动干戈，翻箱倒柜，企图直捣老鼠的老巢。谁知搞得尘土满身，精疲力竭，却毫无战果。

正在大失所望的时候，女儿一声惊呼，她发现老鼠了。柜子下露出一截老鼠尾巴。我立即伏下身子，脸几乎挨上地面，一看，两只老鼠一并排儿仰面紧贴在柜子底上，刚才，我们把柜子来回挪动了几次，而它们却沉得住气，一动不动。它们显然知道自己选择了藏匿的最佳方案。此刻我刚要动手，它们却嗖的一声，又跑掉了。

妻子讥笑我说：

“好一个捕鼠能手！”

我不想说话。我无可奈何。我不知老鼠又会藏到什么地方。

八十年代的老鼠，真和五十年代的大不一样了。一次，下班回来的时候，我亲眼看见一只很大的老鼠，沿着楼房的砖墙，一直爬了上去。我还发现，它们现在居然像市民们一样，对油腻的食物不怎么感兴趣了，而喜欢吃清淡的东西，特别是水果之类。过去，谁听过这样的事情？

老鼠天天捣乱，不但搞得连粮袋都没个放处，而且欺负得人简直无法睡眠。我终于想出一个法子。我找了一条绳子，一头拴在灶具上，一头压在枕头下，一旦听见老鼠响动，便频拉灶具：锅儿响，盆儿响，瓢儿也响。妻子为之大笑。我和孩子们也都笑了。呜呼！苦中作乐，莫过于此！

这法子最初很有点儿威慑方量，一拉响，老鼠便被吓得不敢动弹了。我们便可乘机进入梦乡。这是恫吓政策，又有点麻雀战的味道，真可谓土洋结合，大显神通。但重复过几次之后，竟也被老鼠识破，不再奏其功效：你拉你的，它闹它的；它甚至感到这声响很好玩，像给它伴奏一样，闹得更凶了。我还没听说过当年的麻雀战曾被鬼子识破，但老鼠却精灵到了这种地步。

一天，听说电猫很管用，我立即借来一个。我一边安放电猫，一边恨恨地对妻子说，今天非把它们消灭尽不可。

妻子忙打手势：

“悄声点儿说！要是叫老鼠听见了，又是白费力！”

妻子一定是被老鼠闹晕了。我说：“老鼠再精灵，也不至于听懂人话吧！”

“就是说嘛。”妻子这才醒悟过来，笑了笑，又说：“要不，老鼠真成神了！”

大概到了后半夜吧，我拉亮电灯一看，嗬，这一招真不错，一下子报销了五只老鼠！这些老鼠都是一个模样，一般大小，看样子是一窝的兄弟姊妹。我们全家人为这一辉煌胜利，高兴得狂呼起来，以至惊醒了邻居。

我扔掉死老鼠，重新安放好电猫，钻进被窝；刚要熄灯的时候，却见一只大老鼠窜了出来，直直端端撞在电猫上，立即呜呼哀哉了。根据模样的一致，我们判定，这只大老鼠一定是那些小老鼠的父亲或者母亲。我当时对此并未在意，最近在报上看到一则奇闻，说是在东北某地，人们挖了老鼠窝，挖走三斗多杂粮，老鼠回来后绕窝转了几圈，哀叫一声，爬上大树，把脖子挂在树杈上，上吊自杀了。我因此想到，这只大老鼠的死，会不会也是自杀的举动呢？

尽管打了一个极漂亮的歼灭战，我家的老鼠却并未绝迹。孩子们发现，还有一只小的。可是，电猫对它不再管用，只好把电猫还给了人家。这只老鼠是经过一番淘汰留存下来的，比死去的任何一只都更狡猾，更难对付。我重复使用了曾经使用过的各种招数，不顶用；又借来一只大黄猫，仍然无济于事。大黄猫只知道吃猪肉羊肉，只知道睡觉，根本没有逮老鼠的意思。

八十年代的老鼠变了，猫也变了。

这只老鼠真是无孔不入，我把一袋瓜子藏到抽屉里面，它不知怎么也能钻了进去。它嗑瓜子的本领比人都强，嗑了个精光，竟至于一个仁仁都不剩。锅里也不能放东西，它还会揭锅盖。

它猖獗极了，我们睡下后，经常在我们身上跳来跳去。我好几次发现，它把屎都拉到我的枕头上了。

情势迫使我常常思索着有关老鼠的事情。我居然生出了奇想，希望老鼠有那么一天不再危害人类，也不再胡乱躲藏，那么，我们就像养鸡养兔一样，把它养起来好了。

不料妻子听了我的这番奇想，却受到了启发，每天临睡前都往地上扔些食物，为的是让老鼠吃饱肚子，安分一些。

这倒是起了一点作用，我们睡了几宿安然觉，但后来又不行了。老鼠该啃木箱的时候，还是啃；该胡乱跳腾的时候，还是胡乱跳腾。它营养良好，精力充沛，其身影从柜顶闪下，使我的小儿子不禁神游万里，口中闯出一句生动的话来：

“下山了！”

是下山了。但武松拿它毫无办法。我是服了。

不过，好在我们机关修下新宿舍了，我就要搬家了。我只希望搬家的时候，不要连老鼠也搬过去。

我自嘲地想起阮章竞同志在《漳河水》中写下的一节诗来：

天变了！
地变了！
彭祖的夜壶打烂了！

我此时此地的窘境，和诗中所描写的二老怪差不多了。呜呼！

绝美红脯鸟

院子里种了些枣树桃树和玫瑰之类的花木，大夏天的，阳光如火烤炙着，每天都必须浇一次水，所以我们就在门口放了三只桶，一有了洗过菜淘过米的水，便都倒进桶里，以待黄昏时使用。而就因为这三只盛水的桶，又意外地给我们的院子增添了几分新的美丽——飞动的、有颜有色的、携着琴音的美丽。

那是一些红脯鸟。它们的头和尾小燕般黑，背和翅是鸽子灰，肚脯最打眼，柔柔美美地红，宛若沾上了我们种下的红玫瑰的花瓣。它们是专门为喝水而来的。它们发现水时，应该如同我看见它们时一样的惊喜。我从它们蹲在桶沿上不顾一切地低头一啄一啄的姿态上，从它们微微颤动的红脯上，从它们尽情尽兴享受着的目光上，真切地看出了这一点。那是很自然的，因为附近有的是虫子等食物，但水却很缺——人们给花木浇水都是用水管子浇，没有人像我们一样门前总放着攒水的桶。

红脯鸟有了这样的第一次之后，就成了我家院落的小常客了，有时来得多些，有时来得少些。而我，每天都期盼着、留意着它们的到来。有天，我正伏在案头做着什么的时候，眼睛的余光里，忽然瞥见有几朵柔红自天飘落，空气里的温度好像因之有了微微的上升，就知道那一定是它们来了。一看，果然！但它们对人总是保持着一种警惕，来了之后，并不径直飞向桶沿，而是先站在墙头上或树梢上，小眼睛骨碌碌转上几转，确信院子绝无人迹之时，才会飞向目标。它们喝水的姿态真让人百看不厌。我有一次透过玻璃窗去看它们的时候，其中一只也正斜着脑袋看着我；它大约看见我并无什么动作，并无什么歹意，便不慌不忙地又去喝水了。另一些呢，也被它所感染，也变得不慌不忙起来。不久，它们喝得很满足了，就在桶沿边互相梳理起羽毛，那优优雅雅的姿态，如同舞蹈。

但有时候，桶里的水却并不是很满的，它们的喙够不到，那可也难为了它们。它们尝试了又尝试，最后不得不悻悻离开。我于是赶紧打上半盆水，添到桶中。本以为它们早已飞远了，可是我刚一进门，它们就倏然出现在我的视野中了。

环顾院落，我恍惚觉得，这些红脯鸟，就像我们种下的几朵红玫瑰，却无根茎的牵扯，来去自由；而红玫瑰呢，活脱脱就是半院香气袭人的红脯鸟了，它们似乎随时都可以飞着唱着腾空而起。再看看我放在门前的三只水桶，它们原本只是为院里的花木服务的，可是现在呢，它们已然增添了新的服务对象，但是由于红脯鸟的娇小可人，桶里却并不需要增添些水的。

桃子红了的时候，不知从哪里钻出一伙又一伙的各色鸟雀，大的，小的，色彩朴素的，如同做了美容手术又装扮妖艳的，都来争食。那些鸟雀们东一口西一口的，两三天下来，硬是将半树桃子咬得烂兮兮的。我于是一边驱赶一边抢收；尽管那些桃子还未完全成熟，我只能采取这无奈之举。红脯鸟呢，当然也在众食客之中，不过它们总是两只或三只共吃着一只桃子，绝不胡乱糟蹋。这使我对它们心生爱怜，在驱赶别的鸟儿的时候，特对它们网开一面。红脯鸟一定是感激地看出了我对它们的特殊优待，于是吃得更加细心，竟能将桃子啃得一干二净，使枝上突兀着几颗不存一丝果肉但并未断蒂的桃核儿。我看了看，桃核周围大部分地方皆是一片虚空，几乎都没有什么落爪之处。我于是惊讶地想了又想：它们难道是一边扇动着翅膀一边在啃吗？这不是辛苦得太让人难以想象了吗？哦，这美丽的鸟儿！

一日，我们上街吃了顿饭，桶里没攒下多少水，我回家之后，透过玻璃窗，刚好看见三只红脯鸟口渴难耐地站在桶沿边，一次又一次地伸长了脖子，向下试探；但水太少了，只有少半桶，它们硬是无法够到。但大约它们渴得实在太厉害了，再也无法隐忍，明知够不到，却还是越来越焦灼地频频试探，结果一只红脯鸟一不小心，竟掉入桶中了。我听见它一定是一落入桶中就沉入水中了，我听见它在不断地扑腾着，挣扎着，而桶里空间太窄狭了，它竟无法重飞起来。我心里好急呐，可是，偏偏在这时候来了快递邮件，等着我签收，我无法立即出去施以援手。我边签收边扭头看，看见另两只鸟儿忽然全都蓬起了浑身的羽毛，烈焰一般先后冲进桶里，义无反顾。接下来是一阵让人揪心的竭尽全力的繁响和鸣叫。不用说，它们是在勇敢地搭救它们的妻子或者丈夫或者仅仅是朋友。及至我迫不及待地扑到水桶边的时候，三只泡在水中的红脯鸟虽然还有些互相往出推拉的意思，但都已奄奄一息。我很为自己的行动迟缓而愧疚。我心痛地颤抖着双手把它们掬了出来，小心地把它们湿淋淋的身躯放在桌子上，并用干毛巾轻轻擦拭了一会它们的羽毛，然后让太阳照晒着它们。说来实在万幸，不久，它们竟都恢复了生意，而且，又过了不多一会儿，它们竟都重新飞上了天空。

我欣喜地目送着它们。我心上对这些勇于互救的鸟儿涌出了深深的崇敬之情。至此，我才算看到了它们全部的美丽。那是一种高情远致的绝美。我觉得它们的羽翅上浮漾着天地灵气和日月精华，浮漾着我们这个世界赖以活泼赖以生生不息的最为芬芳的精神元素。

三角梅

那年搬来的时候，我们陆续给我们的小院栽了一些花木，其中包括一棵三角梅。我们知道三角梅可以开出很繁盛很灿烂的花，所以对它怀着极为美好的憧憬，特意把它栽在房屋山墙边的极为显眼的地方，希图无论是谁来到我家门前，一眼就能看见。

不意遇到了令人非常沮丧的事情。栽的时候，都是一样的认真，一样地施足了底肥浇足了水；栽好之后，管理也没有偏三向四，天天都给它们浇水；可是，别的花木都长得欢欢实实，到抽条时抽条，到开花时开花，一年下来，都长得很像个样子了，唯独那棵三角梅老是婴儿似地趴在那儿，停滞在那儿，好像完全忘了自己应该长长了。

第二年，那棵三角梅仍然毫无变化。

第三年，满院子的花木都长得青春勃发，高大喜人，可是，那棵三角梅的叶片竟比初栽下时还少了好多，病恹恹的，一派要死不活的样子。我和老伴看着它的时候，常常摇摇头，对它几乎不抱什么希望了，感伤地想，它总有一天会死去的。

到今年是栽下它的第四个年头了。春天，看见别的花木的枝干都在泛绿、发芽，我们再看看那三角梅，它毫无生机，一点要拥抱春天的意思都没有，于是我和老伴多次站在它的面前叹喟，皱眉，甚至责骂。我们说：干脆把它拔了吧，省得它还占着一块地方，还要天天浪费几勺水。我的女儿和女婿，也是这样的观点。至此，全家的意见都一致了，必欲除之而后快。不过，由于大家都懒了一下，一直未能下手，但我们商定到了秋天一定不能再拖了，要挖掉它再栽一棵别的什么。

然而，就在我们说这话后的不长时间，事情却出现了意想不到的变化。我们惊喜地看见，三角梅的可怜兮兮的枝叶间，第一次抽出了一枝表皮有着细致纹路的新条，而且长得很快，不久就长到二尺长了，而且在那新条上旁逸斜出，又生出了好几条侧枝。我们高兴极了。但为什么会突然发生这么大的变化呢？也许是我们关于要挖掉它的议论被它听懂了吧！如果是，对它来说，那可是个性命攸关的大事啊，于是它就做出拼命地一搏，终于把生命的力量搏出来了。它好像每天太阳一出来，就死盯着周围的花木，与它们比赛着成长。它身上透露出来的生意、生机和生气，非常生动地展示在蓝天之下，是那么醒目耐看；这时候与其他花木相比，它毫无逊色之处。它像憋屈了好几年的毛毛虫，终于要开始向着花蝴蝶的方向嬗变了。

一个多月之后吧，我出门要干什么去，忽见山墙边露出个妙龄女子的脸，静静地望着我，她的身子还隐在墙后。她恍恍惚惚似真似假。是邻家的客人吗？但是后来，我终于从迷惑中清醒过来，看清那是三角梅开了一嘟噜火红的花。它正好长了一人高。我急忙叫来老伴，让她也来高兴高兴。老伴的眼中闪耀出多年来少见的美丽光彩。

此后有好多天，三角梅都以那样的姿态藏在墙边，闪出一张妙龄女子的脸，总是把人引入神话般的境地，我总是把它想象成《聊斋》中的美人或者是从画儿中走下来的巧媳妇。她总是趴在墙边调皮地窥探着这个世界。我把我的这种想象跟家人一说，大家的脑子里也有了这样的联想，于是出入之时，都会不由自主地向那儿投去一瞥。

之后，仅仅在这一年的时间里，仿佛只转了个身，这棵三角梅就长成一棵枝茂花繁的大树了，比房檐都高，它的红色花瓣就像红金子捶成的薄片，只要轻轻撞击就能发出动人的声音。太阳照射的时候，它的每朵花都泛溢着红色的光晕；而风儿一吹，它的每朵花都像一只火红的蝴蝶张开了翅膀，扇动着，奋争着，仿佛亟欲挣脱枝头，翩翩飞去。

生命，真是有些说不清道不明的奥秘和潜能的。

云彩的诞生

贾宝玉在《红楼梦》里说："女儿是水做的骨肉"，书里只是一句，书外回声几百年，至今还响在千万人的齿缝唇间，足见此话的精到睿智。那么，以水为躯的云彩，就是环宇的女儿了。环宇也有威武剽悍的儿子，那是山。山的骨肉是用马蹄能敲出火花来的嶙峋石头。山豪壮，云婉约；山铁硬，云柔美；山外露张扬，云含蓄娇羞。

环宇如果没有山，这环宇仍是环宇；但如果环宇一朝失去了云，这环宇恐怕就不会有一切生命了。

看来，云彩，这环宇的爱游爱走的曼妙女儿，对于我们这个世界，太重要了。人们没有不喜欢云彩的。但是倘问：你见过云彩是怎么诞生的吗？想必绝大多数的人都会被这一问噎住。

我们的祖先中倒是有些有心之人，比如唐诗人王维，他曾经肯定是求索过这一奥秘的，因而写下了"坐看云起时"的绝妙佳句。但是他只是粗线条的勾勒，或者说只是写了云彩的孩提阶段，成长阶段，并没有写到云彩是怎么从母胎里分娩的那一刻。

但是我今天可以写出那一刻，因为我有幸比王维走得远得多了，云彩的诞生曾闯入我的眼帘，因而我看得很是仔细。

那是在阿拉斯加。

半山坡上，一片静静的树林，微弱的阳光洒在它的枝叶间。除此之外，什么都没有；如果说有，只有些早前曾经存在过的鸟儿的扇翅身影和它的鸣啭；但是现在，这些都归于空无。而远处走来的风儿，也好像有意绕了个弯子，回避到别的地方去了。这自然是预示着一个庄严时刻的就要到来。一派产妇即将临盆的气氛。不料过了一秒，两秒，三秒，什么事情竟都没有发生。然而，正当你要转脸的时候，眼睛的余光里却好像扫到了些什么动静。你赶紧放正脸颊。哦，什么“好像扫到了些什么动静”，而是那动静，真真实实地被你看到了！

那么，是什么样的动静呢？

树根下，紧趴土石的漂亮的或扭曲纠结的树根下，飘起了几根游丝。只是几秒之后，飘动的游丝多了起来。又只是几秒之后，你便会看到树的干上，枝上，叶上，都有缕缕白色的轻纱飘过，飘过，飘过，而树干，树枝，树叶，有的被白纱裹得严严实实，有的还显露在白纱之中或白纱之外。而不知不觉间，整个树林十分热烈地激动起来，颤动起来，运动起来，同时还有了一些抹弦似的美妙声音。这一切都虚虚幻幻，朦朦胧胧，飘忽不定。当然，除此之外，别的只是个大大的 0 字。这时候你便会想到在产房里一个婴儿正在诞生时的幽闭情景。那时候连他亟想马上亲见的父亲也不能立在这儿。不错，正是这一刻，那水做的骨肉，那新鲜的云彩，那环宇的漂亮女儿那小宝贝，就已经洒洒脱脱地诞生于人间了。哦，看哪，它们竟是多胞胎！它们一朵朵，一片片，洁白耀眼，正在沿着林梢升起，升起，于是人们惊喜地喊着它了：

“云儿！云儿！你看那云儿！”

这整个过程，大概只用了两三分钟的时间。

云儿的诞生从来不会逢上难产。

所以那云彩那环宇的女婴在诞生中都没受过碍绊的痛苦，都一诞生就显得那么健康那么灵秀，都一诞生就有了敦煌飞天的潇洒模样。

看了我的这记叙，也许很难满足读者，但我只能写到这样的水平了，因为云彩的诞生是玄妙的，难以捉摸的，要用语言尽数表述出来，几乎绝无可能。云彩的诞生，应该更像人类精神上的什么诞生，比如情绪，比如思想，比如定理，比如艺术，等等，它需要你的想象加以弥补。

先前，树林是黑乎乎的一片，而现在，它大部分的胴体被云雾的被子所盖，于厚厚的云雾中，显露出由白到灰到黑的淡淡浓浓的层次，一列列裹着深浅不同色阶的黑的树木被晕染出来，如湖笔徽墨画出的水墨画儿，那画儿中的每棵树都逸气四溢，好不妩媚。其实它就像一位疲倦而幸福的产妇，懒懒地躺在那儿。

云彩的罕见诞生过程，我在阿拉斯加旅游的那些日子，实在是见得太多太多了。因为在阿拉斯加，每走一步都水气逼人，它到处是白皑皑的雪山和冰川，到处是明镜般的湖泊，到处都是挂着露珠的树木，于是水就在那儿无时无刻不在孕着飘逸的骨，水就在那儿无时无刻不在孕着轻灵的肉，于是云彩这环宇的美丽女儿便无时无刻不在那儿分娩着，诞生着，出世着。整个阿拉斯加，可以说就是一个诞生云彩的浩阔产房。

斑斓草

草应该是绿色的，但我却见过五彩斑斓的草。那一刻我激动万分，以至童心蹦蹦然复归，欢呼起来。我叫不上它们的名字，只见它们从地上长出一丛一丛的窄长叶片，大概因为饱经风霜忧患，叶片多已齐腰折下，耷拉于地面。但是它们真是五彩斑斓哪！它们的以红、黄为主的橙、褐、紫诸色构成的醒目色块，激溅得那么热烈，那么辉煌，简直像一炉正在倾泻的钢水。

那是在新疆大戈壁的边缘，离乌鲁木齐不怎么远的地方。偶然可以看见四近的苍苍凉凉之中，有一头两头的骆驼，昂首站立。

出于倾心地喜爱，我把那种子带回到关中平原，播种在我的花盆里边。草是长出来了，但它从春到夏，到秋，到深秋，以至到老死，却再也出现不了斑斓的境界了。是的，尽管我经常给它浇水，施肥，还有电视机中的音乐经常伴着它，它却硬是再也出现不了斑斓的境界了。

与先前看到的相比，它的绿色使人忧伤，使人生出了软弱无力甚至是枯槁的感觉。

便不由深长思之。

它到了关中的花盆里，条件非常优裕，非常惬意。而在新疆大戈壁边的时候，干旱少雨，地里没有多少养分，天气又畸冷畸热，历尽了艰难困苦。但舒适的环境害了它，使它平庸；恶劣的环境成就了它，使它奇绝。道理其实是非常简单的，在极其恶劣的环境中，它要抗，要拼，要奋争，才爆出了素常不易展现的、生命所固有的全部美丽。

松 鼠

北美的松鼠之多和离人之近，使人想起麻雀。几乎不论走到谁家的门前，你都会看到，或在墙头，或在树上，总有它的身影出现。

从华夏大陆出发的远游人，在这里近距离地见了这样多的松鼠，都会投以惊喜的目光。但这里的人们却对松鼠已经几乎是视而不见了：任松鼠在身边跑跑跳跳，人们脸不回转，目不斜视，该干什么还干什么。

是的，北美的松鼠总是闪动在人们的身前脑后，就像和屋檐结下了不解之缘的麻雀一样了。

青少年时代，我曾有机会见过松鼠，但我记忆中的松鼠该怎么说呢？——虚虚幻幻，缥缥缈缈，甚至还有几分神秘。因为在以往记忆中的它们，不但难得一见，而且在见到的时候，它们常常是在老远老远的山崖上或树丛中，而且，一闪就不见了。

只记得，它们行动敏捷，它们的尾巴美得不可言传。

也曾经在跟前见过，但那是被人捉住了的，圈在笼子里的，它已经失去身在大自然中的逼人灵气了。

现在可好，我随处都可以真切地看见它们的可爱模样了。

它们的毛色，在美国的许多地方，多是黄的，到了加拿大，有灰的，也有黑的。它们经常在人们的面前跑来跑去。它们的尾巴蓬松得就像一个鸡毛掸子。它们的尾巴的长和粗，竟至于和它们的身躯大致相等。它们有时候静静地蹲在那里，用两个前爪抱了东西吃着，而将肥硕的尾巴高高地竖在身后。它们跑着的时候，随着身躯的一耸一耸，健壮的尾巴总是浓雾似的一抖一抖。它们仿佛完全知道自己尾巴的美丽，便像旗帜一样总让它飘扬在最为显眼的地方。

它们攀缘的本事极大。它们可以在树干上、木质的墙壁上，任意上下。它们经常沿着高压线越过街道的上空，又从高压线上跳到房顶上，又忽然一转身，噌地一下，就窜到墙头上了。墙上一两尺高的障碍，对它们来说，几如无物，只见嗖嗖嗖地越过一个又一个。它们往往又会扑上大树。大树的枝丫间，是它们的乐园，它们常在那儿互相挑逗，追逐，嬉戏，其乐陶陶。它们要是想从这棵树上到那棵树上去，不须下去上来地绕弯子跑远路，而是一跃就去了，其神速之状，仿佛把整个过程都略去了；留给人们看的，只是这棵树的树梢，在晃，那棵树的树梢，也在晃，好像风，正在吹。

松鼠的叫声是难得听到的，但我还曾经听到过。像一种清脆的敲击声。我听见的时候，响了足有半个小时，执着而又持久。那时候我们好多人一起站在那里，都被这奇特的声音吸引了，但起先都以为是一种什么从来没见过的鸟儿在叫，可是把搜寻的目光投到声波回荡的山坡上去，东找西找硬是怎么也找不着，以至人们都没兴趣找了；我却还找；终于水落石出——使了障眼法一般的草丛里直立着一只松鼠！于是人们都赶过来看，并都说，它的叫，是在求偶。我想这种说法是很对的。它多像一个小伙子躲在姑娘的屋后唱着山歌。

比较起来，纽约的松鼠给我的印象更为独特些和深刻些。也许因为它们天天见的是大世面，也许因为那里的人们以多年的诚挚行动赢得了它们的信任，它们一点儿也不怕人。我曾坐在华尔街附近的长条椅上给它们喂面包，它们就大大方方地蹲到我的腿上，趴在我的怀里。那情景，令人难以忘怀。

松鼠不但是北美的一景，而且是这里人们生活中的一个亲密伙伴。它们像宠物狗宠物猫一样，可以使一年到头忙碌得像旋风似的人们，得到一些舒缓、轻松和愉悦，但是又不需精心喂养。因而人们对松鼠非常爱护，绝不允许有人任意伤害它。我注意到，遇上松鼠横穿马路的时候，驾车的人们总是小心翼翼地放慢了车速。可是现在松鼠的大量繁衍，却又成了纷扰在人们心头的一件事情了，所以，据说，他们又给松鼠喂食避孕药了。

走在林中

我身披森林的浓荫，持杖而行。

这是一片混交林，树的种类很多，有好些我都不曾见过，更叫不出它们的名字。数不清的大树巍巍峨峨，走在它们的下面，恍若走在纽约或者香港，走在摩天楼群的下面。树们各有各的姿态，各有各的风韵。它们叶片的形状不同，枝丫的长法不同，而树干的颜色、斑纹和质地，也和叶片和枝丫似的千变万化。穿行在这各色树木之间，同样像走在纽约或者香港的街上，看不完那橱窗中陈列的琳琅满目，当然，更像看不完纽约或者香港街头的杂沓脚步载着的缤纷衣着。巨蟒似的藤萝，有的在地面勾连牵扯如进行着一场难分难解的缠斗，有的沿着树干攀缘直上，以至高出巨树一头，大有得意之色。作为地面上弱小族裔的绿色苔藓，也不示弱，一直延伸到树干上一人多高的地方。不时见到一些不知什么年月倒下的大树，它们虽然倒下了，死了，却不失当年的威风八面，好像只要一声召唤，它们就会唰地一下躬身站起来，在天际间重展生动鲜活气壮山河的雄姿！

这时候，我忽然觉得一个伟大词人在什么地方吟诵着了。那伟大词人是谁呢？哦，我看见了，在远方，在高处，在成吉思汗的铁骑之前，在北宋后的南宋。在那儿，在鹧鸪声里，浮现着词人辛弃疾的放浪形象：

昨夜松边醉倒，
问松我醉何如？
只疑松动要来扶，
以手推松曰：去！

“去”字将我引入刹那梦中，而转脸看时，眼前却是现实的松，它摇着。我愿意相信它就是当年那棵松。我愿意相信是辛老具有美学意义的有力一推，使它一直摇晃到今天。

因为借力于辛老，我眼前的森林陡地就如多年来累积在我心头的人物和戏文了。不是么？有一棵树，蓝花朵朵，如穿绿底蓝花衣衫的妙龄女子。它含情脉脉，又不胜娇羞。有一棵树，躬着腰，双手垂着，就像在上司面前，一副谦卑之态。有一棵树，它的一股很大的枝柯断了，如一个断臂壮士，露出了白森森的骨茬，却连痛都不喊一声。有一棵树，看那以手遮阳的模样我想叫它孙猴子树，它周围的小树或蹲，或站，或躺，或踞，或趴，活脱脱是一群小毛猴儿。

但我更多的是感到，我大概是走进一部童话型的特大汉语辞典的某几页了，满眼的木字旁，令人眼花缭乱。有挺拔的木字旁，有粗壮的木字旁，有歪斜的木字旁，有流碧的木字旁，有缠绕着藤条的木字旁和开着花散发着芳香的木字旁。木字旁和它右侧的部分，组成了多少有用之才，例如松，例如桦，例如槐，例如柏，例如栎，例如栒，例如栳，例如榆，等等，等等，它们都是森林中的好弟兄。我绊绊磕磕地边走边看——啊，木字旁和木字旁并立着，木字旁和木字旁交叠着，木字旁和木字旁竞着高。我停下脚步细细观看——木字旁中涌动着生命的汁液，木字旁上落着歌唱的小鸟，木字旁覆着粗糙的皮，顶着浓浓的荫，并且有叶片作舞般的飘落。我平着望过去，木字旁繁成生命之墙，无法望穿。我仰视，几十米的高空，是它们交错成的威武的绿色拱顶，其间只露着片片点点角角丝丝的蓝天白云。

我持杖而行。持杖是因为我已经上了一把年纪，腿脚又有些毛病。我的手杖的底端，不断敲击于林间草丛。近朱者赤，近墨者黑，它近草，因而成了一坨美丽的碧玉。我端起手杖细细端详，它浸透着森林的湿润和芬芳，就像也会立即发芽立即获得生命一样。是屈子说过的吗？“灵之来兮如云”？是的，灵来了，它如云飘然而至，飘入我的手杖。我的手杖当然储满了灵性、灵光和灵气。它整个儿的那么令人可心令人觉得可以信赖。哦，多好的手杖！像女儿一样扶我前行的手杖！但我又猛然意识到，不仅如此！这手杖还含有更为美好的东西哩哪！它，难道不是从某部灿烂经典中掉落下来的么？难道不是一个绝好的木字旁么？那么，紧靠着木字旁，难道不是代表着我的肉体和精神的符号，我的名字吗？我于是就觉得我是一棵极好的树了。我是一棵令一切蛀虫们退避三舍的樟树。我高兴地扭头看去，一棵高大的杨树树干上，有一块结疤如一只眼睛欲睁欲眨。我就对它说：杨树的眼睛啊，你就大大方方地睁开来吧！你看我的头上虽然覆了日暮之雪，脸上虽然老沟纵横，但我，一棵刚刚变成的樟树，却因为有了些许用处有了几分自豪而走得气宇轩昂！你看我！

狗尾巴草

我们去年才把家搬到这里。

这里是二三十年前修下的老房子了。原主人是个黑人。那黑人也许日子过得非常窘迫，也许有什么无法摆脱的心事，总之，好像老是处于心不在焉的状态。不是么？你看，一个面积颇引人喜欢的很大的后院，却荒草萋萋，还是一片原始状态。

因为院子确实很大，我们也没有力量在两三年间雇请人将它整好。于是我们买了一台锄草机，每过一两个月就将那荒草剪锄一遍。

荒草种类很多，但主要是狗尾巴草。故事也出在狗尾巴草的身上。

我们一遍一遍地锄，狗尾巴草一茬一茬地长。

长起的每一茬狗尾巴草，它的顶梢都有状似狗尾巴的毛茸茸的穗子在风中摇曳。那穗子活像无数碍事绊脚步的烂矛破戟，看一眼都让人心里发毛。狗尾巴草就用这穗子结籽和繁衍后代。我捧起看了看，穗上结了数不清的种子。我想，只有锄得更勤，才有希望使来年的院子荒草断种。

我们就每过两三个星期锄一遍了。我们有时候为此累得浑身酸疼，因而望着狗尾巴草生气；气极了，就骂它，踩它。

但我们一遍一遍地锄，狗尾巴草还是一茬一茬地长，一茬一茬地结穗子，变化只在于，个头日趋低矮，穗子日趋瘦小。

其后我到外地去了。我回来已是暮秋天气，桃杏和槐树已经落尽了叶子。门前新栽的两棵橘树结满了颗颗小太阳似的金球。

我走后院子里的锄草工作，家人是一直坚持着的。

可是我看院子，狗尾巴草居然还都未曾消失。

我先是吃惊，气愤，无奈，继而，神差鬼使似的，很有些肃然起敬了。

狗尾巴草虽然只有两寸多高了（通常是长半人高），却都结着小小的穗子。好像进了小人国似的，小小的却茎、叶、穗都非常完整的狗尾巴草铺了满满的一地。那狗尾巴草的小小的穗子在斜照过来的阳光之中，周身的细芒挑着颤颤的露水珠儿，朦胧至极，妩媚至极。仔细看时，每棵狗尾巴草都无法掩盖自己的疲惫之态，但于疲惫中却迸射着咄咄逼人的不灭的生机。它们好像含着泪水在说："我们咬碎牙关，奋争了整整一年。"

一曲劲歌，仿佛骤然响起。

仿佛劲歌直上云端。

谁在唱呢？

——唱歌的是被宰杀了数十次的生命；数十次也不死，也一次次倒下又站起来了！

它在绝境中求生，绝境中歌唱，寻常的呼吸被它升华为永恒。

是的，这就是生命，生命的可叹处正是这样。它为了把大自然的神圣创造延续下去，坚忍卓绝，锲而不舍。它仿佛即使没有茎干了，也要在根上结出几粒种子！——啊，这就是生命！

赛里木湖滨

那是一些稀奇的小山，炉膛里掏出来似的，活脱脱几块焦炭，却没有余温，便感到它是什么人随便扔下的几疙瘩水泥——天长日久干了，硬邦邦的。反正，是黑灰的颜色。它们一条线地排列过去，脉络走势构成一体，互相之间却不衔接，断处便是平地。山上斜着的折线一条一条，刀刃般横着，不知砍断过多少股长风，一丝活气都不存在的，没有一根草，没有一星绿。即使有草有绿，山羊也断难攀登上去。

山下却是草原了。但草只长得麻麻点点的，不稠，也不高，草中夹杂着石头。帐篷便搭在这儿，同时有了炊烟，有了人语。一只骆驼昂首站着。不远的地方，骑马的牧人赶着羊群放牧，重重地甩了两响长鞭，扭过头去，帐篷门口闪出一个女人的脸，眉梢眼角都在闪烁着情意。跑前跑后的牧羊狗突然停住了，抬起后腿撒尿，尿落溅起一股烟尘。

草原的一旁，却是湖。湖水说不清是蓝是绿，给人的感觉也不知是梦是幻。澄澈，透明，在浅处，湖底的卵石看得一清二楚，人的脸膛也映进去了，是一张高清晰度的彩色照片，红是红，白是白，要是脸上有几颗平时不留心的雀斑，也突现出来，历历在目。展眼望去，蓝天映在湖里，白云映在湖里，微风吹过，蓝天白云互撞、互叠、互染，在太阳的照耀下，成了一湖浩浩渺渺的乱珠碎玉，而又空空灵灵，似烟，似情，似仙女琴弦上弹拨出来的乐音。凡是看到这湖水的人，无不为之惊异。都说，如果把它放到长江里去，放到多瑙河里去，放到密西西比河里去，那么，全世界都会狂欢一个月的！这湖叫作赛里木湖。

那是公元一九九二年的夏天，我站在湖边，许多来新疆旅游观光的人，也站在湖边。我们神魂颠倒之余，回头看看草原，看看山，草原就在脚下，山也不远，和这里相距三四百米的样子。神思便越过亿万年去，知道是在一场轰然作响、大气磅礴的造山运动中，产生了这山，这草原，这湖。但遗憾的是，同为一母所生，为什么成了截然不同的三种样子？不免叹息声声。“叹息什么？”一个须发皆白的维吾尔族老者说话了：“殊不知，大自然安排万物，是十分精心的，是不会出现任何失误的。哪像我们人类，天天讲失误，天天出现失误；你到我们乌鲁木齐看看，刚盖起来的房子，又拆！”人们对现实生活中的失误是有同感的，共鸣了，一笑；但目前更有兴趣的还是，这些景物的安排，怎么个恰到好处，所以亟欲听听老者的道理。

人问：那些山和这赛里木湖，一个那么丑，丑得像鬼城，一个那么美，美得像仙境，为什么要把它们摆在一起？

答曰：为了对比，一对比，事物的特性便鲜明起来；一对比，便有了陪衬，美的便更美了。

人问：那么，为什么还要这草原呢？

答曰：你们看看这草原，哪有真正的草原风光？真正的草原比它美多了！可是，它又比戈壁荒滩美。它是半丑半美。半丑半美可以起到缓冲作用。如果没有它，突然看见这丑陋的山对比下的如此美的赛里木湖，你的神经能受得住吗？你怕是要昏死在这儿了！老者居然说出一番这么生动的美的哲学，大伙自是听得津津有味，且哗笑起来。

但老者意犹未尽，又补充上一句："昏死倒不要紧的，打一针就活过来了，可是哪有针好打？乌鲁木齐的那些穿白大褂的，你没有三千两千的，他就斜眼瞅瞅你：我忙！"

人世间的不顺心，又引起一片哗笑。哗笑如群群水鸟，亮着雪白的羽翅，掠过赛里木湖的上空。湖水荡漾着万般柔情。

野物们

在北方的许多地方，人们把野兽称为野物。一字之差，剔除了一般人们概念中的野兽们身上的狰狞可怖的成分，让人感到亲切起来；人与兽的尖锐对立，由此得到了消泯。而它又保留了一个野字，于是便有了距离感，神秘感，逗引着人们特别是孩子的好奇心。大概正由于这样，我小的时候，一直以为野物们的世界是很有趣的，便被诱惑着，从而心向往之，非常希望我也能沾上个野字，长出一身毛来，与它们一起生活几天，弄个究竟。但天不怜见，野字死蹴在字典里不下来，皮肉也播不进毛的种子，只好铸为憾事。而所幸的是，当我年过半百，独自行吟于茫茫的黄土高原上的时候，那些手拿放羊铲铲的放羊娃，那些脸戴眼镜的野生动物的摄影者，那些不意间曾与野物邂逅相逢的男男女女，向我讲述了不少野物的趣事。当我聆听着的时候，我的心便欢舞，我的血便畅流，我便其乐无穷陶醉于其中了。我想，这趣事天所生也，而天为人类所共有，这趣事就理应成为人类的一顿共同的精神美餐，不敢私藏以至把它放馊，遂匆然和盘端出：

黄鼬：长着很长很美的尾巴。夫妻常常结伴而行，配合默契。它们有极为邪乎的捕食本领。例如，它们来到崖头，发现下边半崖上有一窝雏鸽，而崖又刀削似的，无法下去。假若它们不是它们，而是别家一对夫妻，那一定会面面相觑，然后长叹一声——走人。可是它们却是它们。它们的尾巴摆动起来，仿佛对世界说："我们长着的尾巴不是为别人看的！"于是，它们毫不犹豫地下手了，如耍杂技：丈夫咬住妻子的尾巴，妻子颠倒垂下，终于奔上目标。妻子吃饱之后，又交换位置，咬住丈夫的尾巴。丈夫技艺更高，而且早已馋得等不及了——"嗖"！一跃而下！

獾：与黄鼬的捕食本领相比，可谓各有千秋。它很爱吃鼠类，且非常聪明，知道鼠类的洞口很多，便把那洞口一个一个堵了，只留下一个。它就趴在那洞口上吹气。它的气一定含有现代科技的成分，比如是催泪瓦斯之类吧，一吹进去，鼠类受不了啦，慌忙跑了出来，撞在獾精心安排的枪口上了。獾还很善于夜间偷鸡。夜间，天上或者挂着月亮，或者只有些星星，人们都睡了，村庄一片寂静，獾便蹑手蹑脚地来了，到处逡巡。它只要抓住鸡，便用两只前爪搭在鸡的肩膀上，而以两只后爪疾行，鸡便被它推着咯咯地叫着向前跑了。它俨然成了直立行走的人，成了哪个餐厅的采购员，大摇大摆，推着有生命的鸡的板车，扬长而去。

狐狸：它偷鸡的办法更妙。推都不用推，是骑着，只以尾巴作鞭予以驱赶，像驱赶着一匹长着翅膀的骡子，惬意极了。要是碰见人，它虽然缺乏过硬的武装借以恫吓，却会怪叫一声，那声音很瘆人，使你毛骨森然，惶惶避之。

野兔：可谓弱中之弱了，所以它极为胆小。但到了性命攸关的时候，它们也会拼死抵抗，故民谚云："兔子急了也会咬人一口。"它们最可怕的天敌是鹰，常常死于鹰爪之下；它们便在祖祖辈辈的血的教训中琢磨、研究，从而终有所悟，并且想出了挽救兔族危亡的办法——听见鹰锐叫着冲下之时，立即仰面朝天躺下，同时缩了后腿，一俟鹰冲到身边，便"嘭"的一声，弹出后腿。那撞击声真够大的了，离老远都可以听到，其中所包含的力量，可想而知。鹰自然是头破血流的了，有的扑打两下翅膀，便一头倒下死了。但即使从上述情况也可以知道，野兔的视力是不怎么行的。野兔之发现鹰，不是凭视觉，而是凭听觉。它的嗅觉也不错。而只要掌握了这一点，人们要是想抓住野兔，可以不费吹灰之力。其办法首先是，身上不要带酒味、烟味、药味；然后，舀一盆水，找些野兔粪来泡进去，大约泡上半个小时，再把自己的衣裳也放进去泡上一段时间，晾干后穿上；继而，你就大大方方而不是鬼鬼祟祟地向野兔走去吧。这样，你一直走到野兔跟前，它还以为是它的同类来到了——不跑。那么，你就把它抱起来吧，接着再说："啊，亲爱的！"

狼：一般都认为，狼是最凶残的了。因此，说起狼，便无端地弥漫起一派冷战气氛，仿佛狼是十恶不赦的战争贩子。其实不然。狼在大多数的情况下，都奉行的是和平共处的政策。狼有自己的爱，特别是母爱。在母爱这点上，谁如果伤害了它，它就发怒了，因此要报复。比如你杀死一只狼崽，这下你就闯祸了，你晚上睡在家里，它一定会找到你的门上。它嚎叫，打门袭窗，甚至在门窗下挖洞，誓欲找你算账。当然，你也许躲过去了，但过了很长很长的时间，你已经不害怕了，而狼却一刻也没有忘记。然后，也许在一个夏目的中午，大家都躺在树荫下歇晌的时候，你也躺在那儿，狼就出现了，瞪着血红的眼。那么多的人，它不动张，不动李，却端端地瞅准了你，一口咬住你的脖子。要是你侥幸活了下来，你一定会对狼的侦察手段和辨别能力，发出由衷的赞叹。

猴子：好多野物都很精灵，但比起猴子来，又颇为逊色。不过，同是猴子，其精灵的程度，又大相径庭。因此，人们想在一群猴子中得到一些非常精灵的猴子，便要进行挑选了。怎么挑选呢？像处罚似的，拿一些砖头来，让猴子们双手握住，个个顶于头上。然后，人便走进屋里，趴在门缝偷窥。出现的情况将会使你感到挺有意思——凡是非常精灵的猴子，见人一走，马上把砖头放下来了；一见人走出屋门，又慌忙顶上。而那些比较老实的猴子，却始终不敢动一动。

白天鹅洗翅

没有三秋桂子，也没有十里荷花，这湖，既不大也说不上怎么美，但因为它离我的居所只有一箭之遥，我每天至少都要绕着它的堤岸散步一回。

我散步的时候，一路所见，尽是些俗人俗事。有各种族裔的钓鱼人，常常见他们把渔竿用力一甩，渔绳飞成一个弧，噗地一下，渔钩和鱼饵入水了，他们就眼巴巴地瞅着；有长了很长胡子的年龄并不算太大的无家可归者，他有时百无聊赖地坐在睡袋边，独个儿数着一副扑克；有我们中国的三个五个的老妇人，见到她们的时候，她们总是坐在长椅上或石头上，身边都放着婴儿车，婴儿车上的花花朵朵们或睡了或睁着眼睛，她们则拉着家乡旧事或来美观感，偶尔还长长地叹息一声：“唉！我实在想回国了！”

湖里也不见得有多么浪漫。水里有鸭有鸥有龟有鱼，还有两三种叫不上名字的水禽，它们都在为寻觅一些可吃的东西，游来游去，忙忙碌碌。有时岸上的孩子们向水里撒下些面包屑或别的一些什么食物，它们就立即鸣叫着，加快了游走的速度，从四面八方蜂拥而至。它们有时游到湖的南端一个漂满了垃圾和鸦粪的浅湾里去，搞得一身肮脏。湖里还有个湖心岛，岛上虽然有树有草，但当其中一些叶子枯黄了的时候，那儿就显得乱糟糟的；这岛的主要用途看来只是供鸭子和龟们上去做窝产卵，繁衍后代。

有一天，我正散步走过，蓦地听一阵洪亮的声音削顶而下，同时眼前迸射着一片白光。怎么啦？在最初的不足一秒钟的时间里吧，我的脑子咋能反应过来？反正疑似片片白云歌唱着落在水面，那些天上来客，那些云，一片比一片歌声美丽，一片比一片白得耀眼；或疑似是哪里的雪莲飘来了吧，一朵朵硕大的雪莲，一朵朵欢笑着欢舞着的雪莲，迅速降落，边落边叫！当我明白之后环视四方，只见所有的人便惊异地把目光聚焦于那儿了，包括钓者，包括长胡子，包括我们中国的老妇们，甚至包括婴儿车上的黄皮肤黑眼睛的小家伙们。

“啊，天鹅！”人们惊叫。

“啊，好白的天鹅！”人们欢呼。

那真是一些从蓝天飞来的绝美使者，它们周身雪白得没有一丝杂色的羽毛，它们宽阔的携着天风的双翼，它们修长的曲线楚楚的颈项，它们黑的又在上方镶着橘黄的喙，立即和湖光水色交融在一起，透出了无限的高雅和华贵。它们使我想起了大海上的风帆，想起了月宫里的嫦娥，想起了雪后的茫茫大野。它们的身躯差不多有一米高，看来体重也足可以等同于一只小肥羊吧，但是它们每游动一步，都尽显着轻灵和柔曼。它们美得就像一首歌曲，一个梦。

我看到鸭子和鱼的时候，常常会立即把它们与餐桌联系起来，但是看到白天鹅这仙子般的禽类，心中只是一片纯净。

天鹅们从此落脚不走了。一个昔日平淡俗气的湖，从此平添了无限的诱人气韵。不断有人跑来观看。我当然高兴异常。我增加了来湖边散步的次数。我的来湖边散步，实质成了每天几次地对白天鹅做贪婪地欣赏。我的心和眼睛，因而得到了如醉如痴的甜美滋养。

我发现白天鹅非常珍惜自己的洁白羽毛。它们总是高扬着头颅在水中游弋歌唱，从不到污浊的湖的南端的浅湾去。有一次我看见它们中的两只竟然上了岸，静静地卧在绿草地上，把头插进翅膀里边，睡着了。它们白得如同一团温热的雪。那当儿我多么想伸出手去，轻轻地抚摸它们一把。但我后来压抑了自己的那种欲望。我怕我的凡人之手，会弄脏了它的羽毛，引它伤心。

有一天地上下霜了，湖里冒着袅袅热气。整个湖水波光粼粼。当阳光射来的时候，金光万道中，热气蒸腾为雾，雾的透明白纱帐撑起，撑起，而鸭黯然失色了，鸥黯然失色了，鱼和龟也黯然失色了，只有白天鹅在透明的白纱帐中大放异彩。人们看见的是，白天鹅，白天鹅们在洗翅！它们快捷地侧身半仰——先是向左半仰，继之向右半仰——洗涮翅翼，又快捷地恢复本来的静皃姿态。这样反复多次之后，它们居然一个个以脚蹼站在水上，展开了宽阔高洁的双翼。啊看那双翼！那是白菊花的花瓣，一瓣瓣排列有序，扇着拍着水花四溅，阳光中，漫天的率真在飞，在跳，在闪闪烁烁。刹那间我想起一首古诗了：《春江花月夜》。此刻，再没有比这首诗更能反映出我心上的美的感受了。海上明月共潮生。美丽精灵共潮生。轻歌曼舞共潮生。我看见白天鹅们一只只尽情尽兴之后，飞到湖心岛上了；我的目光也跟着移至岛上。我忽然发现，不知从哪天开始，湖心岛也变得美丽起来，上面有一种灌木的浆果结满枝头，如画家蘸了浓艳的红色，在枝叶间挥笔无数，而那画笔仿佛刚刚离开，耀眼的艳红滴滴答答往下流着。岛的边沿有开蓝花的长藤垂吊下来，浸入水中。再看上了岛的白天鹅们，只见它们大都缩起一只腿，只见它们灵活自如的美颈卷曲游动，它们开始用自己的喙梳理双翼的羽毛了，里里外外地梳理。

无比惬意的小南风在吹。

蓝天映在水里。白天鹅的倩影重叠在蓝天上。

小南风属于白天鹅。碧蓝的天属于白天鹅。清湛湛的水属于白天鹅。白天鹅是一种不凡的带着仙气的鸟儿。它们的翅翼尽管洁白得一尘不染，但是它还是要洗一洗的。它们实际洗的是自己的精神和灵魂。那是来自生命的高贵和优雅。

滚滚红尘，雅和俗互为依存，相辅相成，各有各的生存空间，各有各的存在价值。淡雅，优雅，高雅，毕竟是这世界的魅力所在。

曲高和寡么？非也。白天鹅并不孤独。深谷幽兰，无瑕白玉，五彩云霞，它们都是白天鹅的知音。它们有白天鹅的华彩，它们有白天鹅的气质，它们有白天鹅的心灵密码。应该说，它们都是白天鹅。

人里头也有白天鹅。他们生活在世俗世界又超凡脱俗。他们坚守一方净土，在时代的长河里永远不忘洗翅。

俗不可耐的人却也是客观存在，尽管它们常作洗翅状。

《白天鹅洗翅》赘言

我最近画画儿画得昏天黑地，很不想写文章。但是接到安军虎先生的关于《白天鹅洗翅》的约稿信，我不能不动动笔了，因为他是为面对中学生的刊物约稿，而中学生是如饥如渴醉心学习的最为可爱的一群。

说起来，《白天鹅洗翅》简直是在毫不经意间就一挥而就的，似乎比上一趟超市还轻松一些。但是这篇文章偏偏在发表后立即产生了较大的影响，接连有两三个散文选本都把它选进去了。这种经验我以前也是有过好几次的，比如三十多年前我曾写过一首传唱很久的歌词，但那歌词的写作时间竟只有十多分钟，这可以说是灵感暗涌的表现吧。不过在这里我强调一点，即之所以能使这灵感化作文字，还是靠的是多年在文学上的努力。演艺圈不是有一句挺深刻的老话么：“台上一分钟，台下十年功。”

《白天鹅洗翅》写出的所有内容，比如那片湖，比如湖边的无家可归者和我们中国的探亲妇人，比如湖里的鸭鸥鱼龟，比如突然飞来的一群白天鹅，比如白天鹅如何洗翅，都是实实在在的真事，不存在一丝一毫的虚构。我只是做了个如实地记录罢了。可见生活是创作的最可靠的源泉。从我的经验看，创作散文不应排斥虚构，但如果没有多少生活基础，硬是胡编乱造，那是决然行不通的。

写《白天鹅洗翅》时，我根本没有考虑过该用哪些艺术手法，只管打开电脑敲打起来。但现在回头看，还不能不说是很用了一些艺术手法的。

比如，一，先抑后扬。文章是对高贵优雅的白天鹅的歌赞，但文章的开头却用了好多文字竭力描画那儿平淡枯燥的情景，尽力渲染它的俗，这就使高雅无比的白天鹅出场的时候，显现得分外耀眼。这就像绘画中画雪一样，如欲画出白静的雪来，就应该先在画面上用足了黑的颜色。

二，大量的比喻和联想。这主要是用在写白天鹅的时候。诸如，说白天鹅像白云，雪莲，小肥羊，一团温热的雪，并且说使人联想到嫦娥，联想到雪后的茫茫大野，等等。我自己最喜欢的是对白天鹅洗翅的比喻，我把它的翅膀比喻为绽开了的白菊花的花瓣，并且说那花瓣排列有序，说它扇着拍着水花四溅，阳光中，漫天的率真在飞，在跳，在闪闪烁烁。可以说，这是我经过仔细观察的独特创造。而这时候的联想也挺出彩，如，海上明月共潮生。美丽精灵共潮生。轻歌曼舞共潮生。这就为读文章的人提供了充裕的想象空间。如果不是这样，而只是老实巴交的白描，或者大喊几句“好美啊好美啊”，很难想象会能引起读者的阅读兴趣。

三，结尾拓展一步，使文章的内容得到些许升华。但我始终感到，这个结尾还不尽令人满意。不过文章已经发表了，已经成为一种社会文化存在了，我再修改就没有多少意义了。想到这一点，我便陡地觉得发表文章应该是一件不可太随意的事情。往往一篇文章刚写好，头脑处于兴奋到混沌的状态，很难秉持理性，因而面对文章，就像情人眼中出西施一样，左看右看楚楚动人，好像一丁点儿的瑕玼都不曾有的。所以我想，以后发表前，应该先放它几天，待头脑冷静了好生修改一下，免得发表后遗憾不迭。

战栗的花树

那天，在洛杉矶的一个公园。

看了园里许多争奇斗艳的鲜花，看了树上、墙上、草坪上的许多美丽无比的孔雀，我们拖着乏困的双腿，返回到大门口，就要离开了。

我们的心情是愉快的。因为连罕见的白孔雀都见到了，连飞翔的孔雀都见到了，所以心里还鼓荡着许多满足感。

我们的眼睛已望着大门之外，那儿远处是苍茫的山，近处是停车场，我们的车就泊在那个停车场里。

可是就在这时候，就在大门的一侧，一道斑斓之光神奇地一闪，一只孔雀，它，开屏了！

孔雀的尾巴原本是延展在躯体的后边的，可是，现在，这尾巴，竖起并且撑开，成了一个高高站着的以身子填补缺口的大圆。

孔雀的尾巴原本是蓝绿色的，可是，现在，这尾巴，它的上面亮出了许多眼状斑，眼状斑里有蓝绿，有暗紫，有铜色，有暗褐，有浅黄，有葡萄红，真是五光十色，缤纷耀眼。

孔雀的尾巴原本像湖水一样宁静，可是，现在，这尾巴，如一道跌落的瀑布溅起水花，并且发出了很有节律的声音。

可遇而不可求的事，让我们遇上了！

活像大幕已降落了多半截，却又演出一场好戏！

我们兴奋地停住出门的脚步，转身走向那儿，坐在一个木长椅上，观看起来。

我们的身边只有很少的几个人。

孔雀简直是应我们之邀，受我们之请，专为我们表演。

我们以前从来没见过孔雀开屏，现在不但见上了，而且，见的是如此奢侈，如此尊贵，如此不可思议。

在我们的面前，原本温柔娇羞的孔雀，现在变得冲动、亢奋而又激昂。它头顶凤冠，脸如冒火之炭。它高大美丽的尾屏颤抖着，闪耀着，发出啪啪的响声。它不住地走来走去。

我们谁也不出一声，都是屏息凝视。

眼前是什么呢？眼前分明是一棵战栗的花树，这花树非同一般，它的根子应该是扎在云霞里的，它因汲取了日月精气而生机蓬勃，它的每朵花儿都闪射着奇异的光彩。

眼前是什么呢？眼前分明是一阕正奏的乐曲，它的热烈奔放的旋律像是从翻腾的大海中波荡出来，它的明丽耀眼的颤音像是从抖动的火焰上延烧下来，整个曲子是以灵魂来演奏，动听至极，灿烂至极。

眼前是什么呢？眼前分明是一台由大自然孕育出来的绝妙机

器，这机器轻声震响，高速运转，比世界上的任何机器都有要好，都要神奇，因为它烧的不是汽油柴油，它烧的是血。

哦，眼前什么都不是，只是孔雀和孔雀的化身我们中国的姑娘杨丽萍。但分不清，哪是孔雀的生命律动？哪是杨丽萍的轻盈身影？哪是孔雀的深情顾盼？哪是杨丽萍的臂上波澜？哪是孔雀传递的天地信息？哪是杨丽萍舞出的动人语汇？

在这里，没有半丁点儿的装模作样，没有半丁点儿的刻意逢迎，也没有半丁点儿的敷衍应付；有的只是赤裸裸的坦诚，赤裸裸的率真，和赤裸裸的拥抱这个世界！

自然更没有任何形式的隐忍和无奈，自然更没有任何形式的委委琐琐，自然更没有任何形式的循规蹈矩；有的只是顺应自我、表现自我、酣畅自我的原始生命力的蓬勃和张扬！

我们被照耀，我们被净化，我们被提升。我们和孔雀发生着微妙的共振。我们身上丑陋的一面在纷纷掉落。我们觉得自己也快要成为孔雀了。

这时候忽然天色一暗，眼前的孔雀终于收敛了它的彩屏。

我们猛一回头，发现我们身后不知何时竟耸起一道人墙。我们看见男的女的老的少的白的黑的黄的各式面容；我们看见一张张面容都是那么激动，那么美丽和那么光彩照人。

我们看见，人们都像刚刚开过屏一样，面容中洋溢着幸福的光晕。

我们希望，有那么一天，人们都能真正随心所欲地释放出自己的全部美丽。

浣　熊

一连两次，我看见院子的笼着树荫的墙头上，出现一只非常新奇的小兽。它的脸型似狐狸，眼睛荧荧然犹如两盏灯的闪亮，黑灰的毛色中透着些黄，尾巴像猫，长而粗，有着轮状的黑白条纹。但它的整个个头比猫大了肥肥的一圈。

这小兽，我在中国从来没有见过。

每次，当我试图靠前几步把它看个清清楚楚的时候，它总是头一扭，倏地一下从墙那边蹿下去了。

其实，面对它，我的心头是涌起了想把它亲热地摸一下或抱一下的蠢蠢欲望的，但它总是扭头就去了。

它的迅速逃走，使我颇有些怅惘。

它是谁家养的宠物呢？如此可爱的小生灵，它的主人怎么可以让它随意乱跑呢？难道不怕它走失了吗？

后来，它再没有出现，我慢慢也就把它忘了。

再后来，我家发生了一件事情，就是在住宅底层的卫生间的地板下面，忽然异响连连。当然是隐隐传出的异响。紧接着，异响中杂了吱吱的叫声。我们便说，坏了！老鼠在地下开产院了！

但不久我们就发现，在地下繁衍后代的，并不是老鼠，而是我们已经遗忘了的那种美丽小兽，因为儿子亲眼看见，那小兽出来闪过面。对此我是很高兴的，我想以后我们可以拥有许多美丽小兽了。

可是过了几天，那小兽居然趁我们不备，钻到我们的室内找东西吃，甚至于开冰箱，上餐桌，搞得满屋天翻地覆。而且，还留下满屋的臭味。我们四处诉说，终于知道它叫浣熊。

我们于是决定抓住它们，把它们远远送走。

儿子上街买来铁笼子，安置于楼侧的地板下出口。这招儿非常绝，大浣熊很快成了笼中之物。

但吱吱的叫声还在地下不住地响着。我们知道，仍不可收兵。

那叫声越来越繁，越来越急，后来，那叫声显见得慌了乱了嘶哑了。

两天后，吱吱的叫声忽然到了出口处，浣熊的儿女们准是饿得受不了了，顾不上娇贵了。我们赶去看，它们毛茸茸的，窥视着，叫着，一个个睁着明溜溜的眼睛在出口蠕动，可是它们发出一种臭味。总共是七只。它们的母亲看见它们，在笼子里狂呼，扑跃，亟欲一把将它们通统揽于怀中。

我们搬开铁笼，让它们走了出来。但当我们试图抓住它们的时候，别看它们小，它们竟咧嘴龇牙，向我们发出威胁和示警的怒吼，虽然这怒吼显得那么稚嫩。

我们终于把它们一个个挨个抓住，关到另一个笼子里。

至此，大浣熊和它的七个子女都被关起来了，又互相隔绝着。

但大浣熊仍不休歇，它用它那趾爪狠劲撕扯铁笼。

过了一夜后我们再来看时，我们被大浣熊的两只趾爪惊呆了！那趾爪还能叫趾爪吗？那简直是两团烂肉了！有的角质的趾甲已掉下来了，在烂肉上横悬着，一闪一闪。连小腿都是血肉模糊的了！

而它仍然用这样的爪子撕扯铁笼。

我们被强烈震撼了，并且感到非常羞愧。

那一刻，我想起了尘世间的一种人，一种总是牺牲自己、一生一世不求一丝回报的人——母亲，伟大的母亲。

我于是以颤抖的双手，把小浣熊们一个一个的送到装着大熊的笼子里去。

我看见浣熊妈妈先是激动万分，后来终于安静下来。但我看见它简直忘记了伤痛，并且无所畏惧，对任何人都不再去看一眼。我看见它简直成了一尊神。我看见它四仰八叉一动不动地仰面躺在那儿，任儿女们在它身上吮奶，厮磨，亲热，翻滚……

我们自然还是要把它们送走的，但在送走之前，我们又做出一个重要的决定，就是每天开着车，将大浣熊送到宠物诊所，给它疗伤。为了让大浣熊放心就医，在即将开车的时候，我们总是把丰盛的食物放到小浣熊们的面前。

一棵遭难的树

整整一个上午，狂风暴雨捶打着这北美大陆的一座城市，捶打着它的每一幢高大的楼宇，每一栋黑瓦红瓦的民宅，每一条水花飞溅的道路和每一辆灯光模糊艰难挪行的汽车。到午后两点左右，心存惊悸的太阳的脸，终于从云缝里露出来了；是一脸的慌怵。不久，云彩渐渐稀少起来，蓝天拓展了它的疆域，鹰鹞和鸦雀们也都展开大大小小的翅膀，一跃而起。随着这一切安详状况的出现，街上也有了行人。

我就是在这时候走到公园的。公园里人不多，地上到处都是被狂风吹落的枝叶和被雨水冲下的印迹。有一位金发少妇坐在一个长椅上（长椅上垫了个什么），在她的附近，是她的一个满身稚气的孩子；孩子当然也是一头的金发，玩得十分可爱。忽然，我看见这个孩子站下来了，仰着头，嘴巴张得就像一只鲤鱼所张的嘴，眼睛闪着光，定定地看着什么。我向前走了几步，顺着孩子的目光看过去。哦，那一霎间，我被惊呆了！

眼前是一幅惊心动魄的画面——一棵大树被狂风暴雨摧折

了，在乌黑树干的衬托下，树上的断茬和掉在地上的断茬都是白亮的色块，这些色块的边缘尽是参差不齐的白的芒刺，所有的白亮色块都凸显着折断时的醒目纹路和千钧力感，其形状有如一些闪电的碎块定格在这儿了，它们的上面还仿佛携带着那闪电强光一耀时爆出的隆隆雷声，周围的大地也仿佛还在颤抖不息。大树的惨烈和悲壮，悉数逼人地杵在你的面前，悉数。它比世界上任何雕塑家的作品都更加能打动人的视觉和心灵。它的隐现着的巨大的冲击波，使你不能不为之倒抽一口冷气。我是被彻底震撼了。

我的目光又完全离开树的主干，而停留在一些掉落下来而仰靠在一辆汽车上的树股上了。我忽然发现，这些树股的断茬就像张开的露着锐利牙齿的口，断茬的后面就像一只只兽头，再下面则完全像一只只兽的立起的身子。是的，完整地看，这些树股就像一只只不甘被虐被谋杀的兽，它们在仰天长嗥。

比起依然牢牢扎根在地上的树的主干，这些断落在地上的树股，这些仰天长嗥的兽，应该只是一群小兽。它们的母亲就是树的主干。树的主干就是它们的饱经磨难的母亲。而那主干上好大一片白白的茬口，就像它们的母亲母兽已经平静下来的脸。但那脸上仍然掩盖不住风暴汹涌而过时它所做出的殊死搏斗的英气。

但是我的比喻其实太零碎而又很不贴切。不如老老实实地谈论它。它是一棵虽然属于生命却只是植物的树。它有树的姿态，树的气韵，树的本质。盎盎然，它的血气运行的巨根还在；朗朗然，它的铭记苦乐的年轮还在；幽幽然，它的与生俱来的芬芳还在。按照我们的老祖先的看法，世界虽然万物繁复，但归根结底，无非系金木水火土五者是焉。而唯木象征着生命。尽管此树现在遭此大劫，但我想，只要阳光不绝，雨露不灭，它就会凭借着它的紧抓着大地的庞大根系，还会成长，还会壮大，还会不断地伸展腰身，还会哗啦啦地开枝散叶，因而无限钟爱着它的松鼠们和鸟儿们，还会在它高搭于彩云间的碧绿的纱帐之中，诗意栖息和纵情歌舞。瑞士诺贝尔文学奖得主赫尔曼·黑塞总是对树木充满了深深的敬意。他说“树以它们全部的生命力去追求成为独一无二的自我：实现它们自己的、寓于它们之中的法则，充实它们自己的形象，并表现自己。再没有比一棵美的、粗大的树更神圣、更堪称楷模的了。”他还说：“树是圣物。”

望着眼前这被暴风雨折断了的、浩气逼人的大树，我心里也居然有了一种冲动：我很想向它顶礼膜拜。我于是心里冒出一句话来：树啊树，宁肯粉身碎骨也不向谁跪倒的树，你，仰不愧天！俯不愧地！我想起了后弃，我想起了荆轲，我想起了袁崇焕，我想起了方志敏，我想起了普罗米修斯和马丁·路德·金，我想起了世界上众多的神的和人的英雄故事。我觉得这树与他们很有些相像。

不知何时，那个稚气的孩子已把他的母亲——那个金发少妇，拉到这儿来了。少妇客气地与我打了个招呼，然后，根据孩子的要求，把孩子抱了起来，让孩子用嫩豆芽般白嫩的小手，去触摸树干上的白亮亮的断茬。孩子先是怯怯的，手儿微抖着，欲触不触。后来他的母亲向他呜里哇啦地说了些什么，这些话我虽然听不懂，但他的母亲向他递出的眼色却是明白无误的，那是热切的鼓励和企盼。于是，孩子终于勇敢地把他的一只小手搁到断茬上了，他摸着，摸着，尔后看看他的年轻的母亲，看看我，得意地笑了起来。我忽然心生顿悟，觉得当孩子勇敢地把他的小手搁到断茬上的时候，树的惊天地泣鬼神的壮士精神，就像电流一样注入到孩子的身上了，世间从此多了一个日后势将可以与一切暴风雨相抗衡的英雄幼苗。

我很有点儿舍不得离开这儿了。直到那金发母子踽踽远去，我站在这儿；直到别的游人也在此连声惊叹，我站在这儿；直到一批批的游人们来了又去了，我仍然站在这儿。我面对着这棵大树以生命画出的这幅图景，心难平静，情难自抑。尽管它触目的只是黑白二色，但当我倏然转身准备离开的时候，就在这一转之间，我似乎分明从它的身上瞥见了整个宇宙的七彩光谱。

朱雀飞

我家住的地方，是西安市朱雀大街2号。与此相连带的是邮政编码，它是710068。它们成了我和朋友们联系的纽带。每年，都有无数封信件沿着这纽带飞来飞去。这纽带在大部分朋友的心中，特别是在外地朋友的心中，自然只是一个抽象的符号；然而它在我的心中，不用说，则形象具体，有声有色，鲜活而又温热了。

它临街是一幢办公大楼，办公大楼的南端接了住宅楼，住宅楼又向西、再向北折去。北边是一道南北走向的砖墙。院子就在它们中间。从院子里向南走去，上楼，一层，二层，三层，电铃一按，开门相迎的，便是手捏着半截纸烟的老汉。老汉何人？非我莫属也。为什么手里总是捏着半截纸烟？因为烟瘾很大的我正在苦思冥想也。

这个院子居住的人们，每天早点一吃，就上办公楼了。他们整年忙忙碌碌，与外商做生意，给国家赚取外汇。妻子是他们中的一员，而我只是与他们没有很大关系的家属。

但就在他们走上办公楼的时候，我也准时地坐在写字台前了。院子里的家属很多，有农村来的，有退休了的，但我与他们不同。他们大多每天看看电视，逗逗孩子，买买菜，或者再坐在门房闲聊闲聊，以此消磨时光；而我每天都忙得不可开交。忙什么呢？电脑的荧屏是一方波光粼粼的水田，我在这水田上栽插汉字的秧苗。我知道报刊的编辑们总是在等着我的稻子的成熟，读者们更总是企盼着我丰收的喜讯，所以我不敢有一刻的懈怠。我的天分不高，文思常常处于枯涩的状态，所以进展常常很慢很慢，使我非常苦恼。但有时候忽然东风来了，闪电来了，灵感来了，我一步十行地插秧向前，不知心中有多么痛快。一个苦吟诗人曾经写道："两句三年得，一吟双泪流。"我正是如此。这时候朦胧的泪眼望去，眼前似有朱雀在飞，在跳，在唱！哦，此刻我心，我心如朱雀的羽翅，那羽翅是多么惬意！

累了的时候，我常在屋里踱踱步，看看院子里的风景。其实那风景是极枯燥的：干巴巴的水泥地面，一柱花形的路灯，一条伏在地面用来临时引水的长长的黑橡胶管子，或者还停着几辆小车，再偶尔走过一两个人。但是再往远处看，目光越过那道砖墙，就是一片灿如秋林一般的风景了。一辆一辆的大轿车如林中的大树，一伙一伙的提着行李的人们如林中的猴子，都等待着攀上大树。有时候就像吹过风来，大树发出了轰轰的响声。那是一个长途汽车站，每天都是这样的热闹情景。商品经济的迅猛发展，使到处闯荡的旅客成倍成倍地增加了。车站因此加开了夜班车，所以即使到了暮色四合，这儿仍然是很热闹的。

一早一晚，或者要买菜的时候，我常从院里的后门出去，走到小巷。小巷里有卖菜的，收破烂的，还有市民们从各个院落进进出出。有的妇女端出垃圾来，就端端地倒在我的窗下了。就是这些乱倒垃圾的市民，常常搞得我的窗台和案头满是尘土。我很有些愤恨了；然而我终于没有开口。市民们有的虽然很有钱，也不时零零乱乱地盖起了一些小楼，但是他们综合的居住条件，毕竟是不如我的。我不好要求他们什么。

小巷里的人们，我能认得清记得住的，主要有三个，都在巷口做着小生意。一个是搭了个简易小屋开小卖铺的老太太，另外两个是从农村来的中年夫妻，他们卖着烧饼。这对夫妻辛苦极了，他们租住在市民的小院里，我每天早晨出去锻炼的时候，就见他们抬着大汽油桶做成的炉子出来了，接着又抬桌子，抬面盆；一直到天黑，他们还守在那里。遇上刮风下雨的天气，他们用塑料布撑起个棚棚，也还在干。每年只在腊月二十八九以后的十多天里，才见不到他们的踪影了。但元宵节一过，他们又像候鸟一样地出现了。他们是外来人口，只能从这城市掠取点儿残汤剩羹。然而，我常常看见，那个开小卖铺的老太太，又经常从他们的炉膛里掏出炉灰，从中捡拾煤渣。而批发商一定还会在老太太身上赚得些利润。大自然中的“食物链”，复制在社会中了。

当然，我更熟悉的，还要数我的院子里的人们了。尽管我们上班的时候各忙各的，但是在休息的时候，还是会经常遇到的。他们有的人还偶然来到我的家中，与妻子商谈工作问题。我因此熟悉了许多名字和面孔，见了面打打招呼。他们大多数人工作很卖力，比文化单位的一般人忙多了，常常不能按时下班，有时候晚饭后还上办公楼去加班。他们因此每年都能为国家赚取很多外汇，成了省上外贸系统的十佳企业，在社会上很有些吸引力。所以，每天都有许多青年前来求职，络绎不绝，熙熙攘攘，简直要踏破了门槛。我住在这里感到并不难堪的是，我自己的创作也多少取得了一些成绩。人们每当从报刊上看到我的文章或者关于我的创作评论的时候，便向我报告消息。祝贺的意思，分明在不言之中。我当然也暗暗地衷心祝贺他们。我们互相激励，处得融洽。

不过，他们和我的关系，仅此而已。也许在他们看来，我整天把自己关在房子里面，孑然一身，冷冷清清，是很寂寞的。不！他们哪里知道，我有很多朋友。我整天高朋满座。

这整个院子的人就算很多了吗？我满座的高朋是要比这整个院子的人还要多得多的！简直是熙熙攘攘。简直是热闹非凡。应有茶水不断喝完。应有迪斯科不断跳起。应有喧闹声不断传出。别看我的朋友们百人百姓，却没有一个会搞不正之风；别看他们有时多日和我难得见上一面，但用得着的时候都会前来慷慨相助。

他们的上帝不是耶稣，是仓颉。他们的家在字典里，在电脑的磁盘中。他们是我的至亲至爱，是我的一切。我爱他们，他们塑造着我的人生。在我的生活里，不可设想没有他们，就像不可设想没有我的妻子和儿女们一样。我这辈子，这风风雨雨浓浓淡淡淡的日月，将永远要和他们为友了。

闲下来的时候，我翻阅古籍，得知这朱雀大街是唐时就有了的，后来虽经毁弃，变迁，但现在重建的这一条，其位置基本与唐时的相合。这儿在从唐迄今的千余年间，修建，倒塌，再修建，再倒塌，尔后接着又再修建，人类不知动过多少土方。而人类也是死了生，生了死，一辈一辈修建相同，但修建的人却变了。它所演出的人间的悲喜剧，谁也说不清有过多少幕，但幕幕如烟散去，徒给史籍中留下一片空白。也许是我少学无知吧，在我心中，唯一有点儿痕迹的，是唐代苦吟诗人贾岛的故事。故事说，一天，贾岛一边骑着毛驴横过朱雀大街，一边琢磨着“落叶满长安”的诗句，因为他琢磨的心思太专注了，糊里糊涂地撞了京兆尹刘栖楚的仪仗。在如虎的官威面前，诗美只能是羊，结果他被关押了一夜。但那羞辱毕竟是极有限的，而且几乎在同时就变成了佳话，广为流传，如满长安的潇洒落叶。

想起这些，面对荧屏的水田，水田的前面又有朱雀在飞，在跳，在唱。我庆幸我是贾岛的后辈同行。贾岛大概未能想到他能给后人留下和艺术享受，我却在贾岛的身上想出了一些。当然，我是绝对不敢把自己和贾岛相提并论的，我深知自己不能望其项背；但是我却想尽自己的最大努力，在有生之年能有点儿比较大的作为。不敢奢望，只期盼有点儿星星点点，水珠般芝麻般的作品，能留在身后。或许朱雀大街 2 号这片土地上当代的一些情形，会因之能被我们的子孙知道；子孙们于是琢磨，研究，翻辞典，想知道朱雀究竟是个什么鸟儿；子孙们并且说，那个二十世纪到二十一世纪初叶的姓刘的，写散文的，他的文章还可以看，还多少能给人一点儿美感。那么，我的朱雀便又在飞、又在跳、又在唱了，尽管我早已化入泥土。

三只雏鸟

一九九〇年夏天，我的在中国科技大学读书的小儿子劲劲，去青岛实习，买了一些贝壳之类做的小玩意儿，连着海风和浪花，带回家来。孩子有多少钱呢，都很便宜，只花了三四块。一串项链，是送给姐姐小彩的，小彩也刚从华西医科大学放假回家，挺喜欢。还有两只孔雀和三只说不上名堂的小动物。劲劲说，这三只小动物，大的，是远在大洋彼岸留学的哥哥戎戎；中的，是姐姐；小的，是他。

这三只小动物，是带着抽象派味道的民间工艺品。都是海蜗牛做的被夸张了的大脑袋，旋纹构成了大眼睛，嘴巴是红的，突出的，头上又戴着画有红蓝两道的小贝壳的帽子。身子的下端好像是它们脱颖而出的蛋壳，又像高高翘起的尾巴，两种意象兼而有之，任人品味。最下端则是半只倒扣着的小贝壳，像足爪，使它们显出直立着的模样。看来，它们是童话世界中的三只可爱的雏鸟了。

我把两只孔雀和三只雏鸟放在书架上，将近一年过去，书架上的许多东西都扔弃了，两只孔雀也扔弃了，但这三只雏鸟，却一直被珍爱地保存在我的眼前。有次取书，不小心碰倒一只，不知怎么觉得那声音好沉，好响，我的心立时颤抖了，几乎要问：疼吗？疼吗？随即慌忙把它扶了起来。我知道，由于劲劲赋予的含义，它们已经纠缠着我的感情，成了我的三个孩子的象征了。

我望着它们，常常想起孩子们的童年。想起多病的戎戎在贫困的奶奶的炕头，怎么用他黄弱的小手，入神入迷地玩积木；想起头上扎着小辫身上长着虱子的小彩，怎么不爱洗碗，怎么凑在女干部们的身边，听她们闲聊；想起总是摔得鼻青脸肿的顽皮的劲劲，怎么一下就不见了，怎么在大人着急地四处寻找中又突然回来了，和拉架子车的邻人的孩子在一起，说他们一道去农贸市场了，花了小伙伴的五分钱，买的吃了一点点野羊头肉。还想起，在那些惨淡的年月，孩子们整年整年吞咽的是玉米面，我偶尔去大桥边的饭馆排队买回一些掺了白面的玉米面馍馍，孩子们一同扑到身上，高兴得就像小天使一般！

孩子们现在都长大了，连最小的劲劲，嘴巴上都长起一片黑茸茸的幼林，都开始使用剃须刀了。小彩即将毕业，戎戎已经可以在那所世界著名的大学伯克利担任助教的工作了。但是，在我心中，他们还是孩子，还是这三只雏鸟。而且，我也喜欢让他们在人生的路上定格在童年。总在童年多好！不是么？现在，戎戎饱尝了奋斗的艰难、想家的折磨；小彩患了一次肝炎，但因为学业，又不能多休息几天，一度情绪很不好；劲劲的考试成绩名列第一，本来是值得庆贺的事，不料许多同学却因此疏远了他，他第一次惊愕地睁大了涉世未深的眼睛，心上有了一丝阴影。但望着这三只雏鸟，我就想孩子们还处在童年时光。没有烦恼。没有忧愁。到处是一片纯情、温情、柔情。愿孩子们忘情地消受，消受这一切。

然而，自从有了这些孩子，二十余年，将近四分之一世纪，我又何时何刻不盼着他们长大成材！我盼望他们在一切方面都超过我，也超过他们的妈妈。特别是，我盼望他们不要像我一般的懦弱，而是去勇敢地直面人生。孩子们是争气的，一个个初遂了我的心愿。望长空，他们的翅膀虽还柔弱，却比我飞翔得潇洒多了。望着他们，我是欣慰的。当然，我的心，也常常被思念所煎熬。不过尽管孩子们天各一方，因了劲劲拿回的这三只雏鸟，我觉得，太平洋缩进西安，旧金山缩进西安，成都合肥也缩进西安，又缩进西木头市 33 号大院，连门铃都不响，缩进了我的寓所。于是，孩子们便经常在一起了，他们也经常围绕在爸爸妈妈的身旁了。我听见孩子们欢愉地谈笑，互送绰号；我看见妻子端上饭来，一遍一遍地呼唤他们。拥挤是拥挤些，拥挤却有拥挤的幸福；他们之间也许会闹点小摩擦，妻子也许又要训斥他们，然而，那摩擦，那训斥声，像勺儿碰着碗儿，像剪儿修着花儿，它们，是温馨的诗，是迷人的画，是天伦之乐，乐极的天伦呵！

三只雏鸟摆放在书架上，总是排成一队，总是向前走的样子。哦，戎戎，小彩，劲劲。哦，恍惚间，他们又都背着小书包了。他们的书包里兴许有个小蚂蚱呢。谁是路长？也许是戎戎，也许是小彩，可绝不是劲劲。劲劲曾经当过路长，但是他没当好，他看见一个同学乱捣蛋，就把人家踢了一脚，结果，起了相反的作用，把一支小队伍全搞乱了。就让戎戎当路长好了。九十年代的戎戎是见过世面的，是开着汽车横穿过美利坚的广袤国土的，是敢于超越黄发碧眼的外国的优等生的，那么，让他再充当一次七十年代的小学生，他应该不再是畏畏缩缩的了。小彩呢，从来好说话，不让她当路长，她只会是笑一笑，绝不和哥哥争。于是，眼前，我们的戎戎就是路长了。哦，好一个戎戎！好一个路长！他带着队，他们的小队伍走得多好，多整齐，多惬意，就像抒情的慢板。他们是去上陕北山城的那北关小学吗？不，他们的双脚，已经踏上一个原先不可想象的炫目的层次了。那么，他们还能像北关小学时一样，像这三只雏鸟一样，走在一起么？怎么不能呢！他们虽然相距千里万里，却又恰恰是走在一起的，而且，绝不是从广义上附会。他们一个学环境工程，一个学卫生，一个学生物，学科那么接近，甚至所学的课程，大部分都是一样的。他们有着共同的语言，将来完全可以在一个部门工作。何以如此？考大学时，他们的专业，虽然都是我替他们选定的，但这一层，我根本不曾想到；直到他们读了几年大学之后，才意外地发现了。也许是冥冥中的什么巧作安排吧。那么，就让他们向着辉煌的顶巅，永远走在一起，携手跋涉！

但望着这三只雏鸟，在我心中，我的三个已经风华正茂的儿女，又变得十分稚气了。我的书房响起了泰戈尔笔下的声音，不，我的三个孩子的声音：

假如我变了一朵金色花，只是为了好玩，长在那树的高枝上，笑哈哈的在空中摇摆，又在新生的树叶上跳舞，爸爸，你会认识我么？

你要是叫道："孩子，你在哪里呀？"我暗暗在那里匿笑，却一声儿不响。

我要悄悄地开放花瓣儿，看着你工作。

于是，我感到心里非常充实，我感到精神有着支柱。

观移楼

国庆刚过，首届“韩愈杯”散文大赛评奖结果揭晓，拙作《穷山饿石间的生命》幸在榜中，要举行颁奖大会。其时我的母亲不幸骨折住院，老人家痛苦万分，我心如煎如焚，但大赛办电话频催，盛情难却，只好匆匆安排了一下，说定第二天就返回，便赶赴河南孟县领奖。在那里见到大赛名誉主任高占祥、评委阎纲以及获奖作者李存葆、邵燕祥、韩美林、韩静霆等，他们大都是我心仪已久之人，因而非常高兴。东道主孟县的街道上横幅高悬，花环四舞，以它的满腔热情欢迎了我们。孟县的经济状况虽然比不上东南沿海，但也是一派欣欣向荣的景象，物价的涨幅也不很大，因而人们的情绪一个个很是乐观。孟县的朋友们领着我们参观了韩愈墓等许多景物，而其中使我大开眼界的，还要数一座大楼的整体迁移了。

过去虽曾多次听到过这样的事情，但感觉十分微茫，因为这壮举总发生在我们的国土之外。现在真切地亲眼看到，莫说我了，就连见多识广的来自首都的朋友们一个个也都像刘姥姥面对大观园一般。

那是县政府办公大楼，四层，建筑面积三千九百六十一平方米，砖混结构。原在两条大街的交汇处，为了开通一条新的大路，欲将它移到百米开外的地方，并且要旋转九十度。我们来到大楼下的时候，县上领导人指着远处的十字路口说："喏，它原来就在那个地方。"我们以目光丈量着足有几十米的距离，为之一惊。领导人又说："它原来是坐北朝南的。"我们一看，现在已基本坐东朝西了，又是一惊。领导人接着说："还要向东平移五十七米。"我们向东看去，那开阔的地面，地基已经打好，就等着大楼来栖身了。但据领导人说，虽然旋转的难题已经解决，工作却还很艰巨，十月底才能运行到位。

只见一百多号人马忙在工地上，做着最后一点的旋转努力。整个一楼南北两侧和里面的墙壁都被拆除了，只剩下框架，因而可以看得见楼里劳作着的工人和技术人员。东西两侧即正面和背面的墙壁仍然保留着。指挥者不断喊着什么。蹲在各处的许多工人，以新式千斤顶向西横顶着墙脚，听着喊声进行着各个不同的操作。据说还有一些机械设备工作着，但是我们没有看到。大楼怎么就可以移动呢？看起来道理也很简单：楼底固以水泥之框，框下每挖空一小片，就塞进一块钢板，直到钢板填满楼底，形成一个完整的基座。而基座的下面，横放了许许多半尺长的岩芯般的钢柱。楼悬空了，钢柱就像轮子，给以力，它便运行了。因为楼太大了，我们观看的时候虽然人们拼力使它运行，肉眼却是看不见的。但它毕竟又是在实实在在地运行着，每天 3 米的轨迹就是证明。“然而，”工地领导人说，“从三月份开工至今，已经七个多月了，大楼天天移动，二楼以上天天照样办公。”我们于是退开几步仰头看去，果然，二、三、四楼的玻璃窗内，办公的人员悠然端坐，政府工作仍然正常运转。

经济效益如何呢？据县上领导人介绍，如果拆掉重建，要花二百五十万元，而现在一百二十万元就够了。但他又强调说，他们的主要目的并不在经济方面，而是为了在很大程度上提高孟县的知名度，加快孟县的开放步伐，增强全县人民的科技意识和创新意识。

韩愈是光彩照人的，但韩愈之后他的故乡孟县的人民，更其光彩照人——光是他们的那想法，就像辉煌的旭日一样，使人不能不对他们的前程充满了信心。而通过它，我似乎看到了我们整个祖国的宏伟大厦在旋转着向既定的方向运行。

陕北民歌《三十里铺》

这首民歌产生在四十年代初，可以称之为现代民歌。它是真正意义上的民歌，因为它从出现的那一天起，就一直带有自己的曲调。

它的曲调甚至比歌词更美。

它驾着音乐的翅膀，没有一天停止过飞翔，飞得很远很远。

在蒿草一般多的陕北民歌中，由于它产生的年代比较近，它便成了可以追寻到创作过程的为数不多的几首之一。

《蓝花花》就不像它这样。

所以我便把笔触投向它了。

我在生活中发现，民歌的创作似乎有这样三条规律：一，百分之七八十的歌，基本都以爱情作为题材。二，女人的情歌，基本都是由男人创作出来的。三，叙事性的歌，基本都有真实的生活原型。

关于第一点，我想，人之为物，繁衍子孙是第一要义，而繁衍子孙的第一前提就是爱情，于是爱情便成了人生的最主要的内容。在芸芸众生身上，这点表现得尤为强烈。陕北民歌有云："宁叫皇上的江山乱，莫叫咱俩的婚姻散！"

关于第二点，恐怕是因为男性比女性对性的要求更迫切些。这"更迫切些"的最浅显的证据是，就连动物界里的两性关系，我们看到的主动求爱者、追逐者也总是雄性。（想来生物学家一定可以对此剖示出极其玄奥的道理）男人创作出的爱情民歌，却能细致入微地刻画出青年女子的爱情心理，实在让作为男人的我们引以为荣，面露喜色。

第三点呢，在那生活原型上，又有添油加醋的成分。也就是说，和一切创作一样，是经过了艺术加工的，其塑造出的艺术形象绝不等同于生活原型。

三十里铺是一个真实存在的村子，在绥德城以东三十华里的地方。大约在一九四〇年冬，王震将军赶走了盘踞绥德多年的军阀何绍南，继而展开了征兵工作。三十里铺的王大和郝增喜都被征上了。骨肉难离，两人的母亲都难过地痛哭。王大有个妹妹，名叫王芬，母亲的痛哭触动了她，她也哭了。村里的王二嫂是个典型的多嘴快舌的农妇，她看见掉着眼泪的王芬走来，便神秘地对周子正家的长工常永昌说："常说王芬跟增喜好，那是真的，你看王芬今天哭得红眉擦眼的。"其实王芬和增喜的关系好可能有点儿好，但像她这样扯到爱情关系上，完全是捕风捉影。王芬是个很纯朴的姑娘，她听见这样议论她，很不自在了，赶忙佯装走厕所，进去擦干眼泪，又走了出来。三十里铺的山山洼洼都是情歌，常永昌这个人又很有些艺术细胞，此时便望着王芬远去的背影，信口摞出几句："那么个王芬你不要哭，增喜走了还回来哩。有什么话儿你慢慢说，心里不要难过。"这是《三十里铺》歌词的雏形。王二嫂对这几句大加赞赏，常永昌得意了，便在上山放羊时为这几句哼出了调调，遂成了《三十里铺》的基本曲调。这个贫苦的长工常永昌本来是闹着玩的，是想在三十里铺这个极为狭小的世界里，来点儿自娱自乐；他哪里知道，他已为我们的民族奉献出一块即将要成为瑰宝的璞玉！那年我在绥德的时候，走上三十里铺的贫瘠山梁，想起雾蒙蒙的外面的广阔世界，不由生出许多感慨。我想，尘世上的诗人和作曲家，就像常永昌放的羊儿一样多，多得可以用鞭子赶哩，可是毕其一生的努力，能够创作出像《三十里铺》这样的艺术精品的人，实在像陕北民歌里常唱的灵芝草一样少见！可是常永昌却创作出来了！如果常永昌有点儿文化，他一生将会给我们创作出多少动人的歌儿呀！我国占人口大多数的农民中，不知埋没了多少了不起的人才！

现在需要把话题再拉到当年。那时周家雇了个姓王的木匠，他正在做棺材。常永昌放羊回来，喝了一瓢凉水，躺在炕上又唱起了那段歌。王木匠的兴趣立时被勾起来了，就一边用推刨刨木料，一边跟着唱。后来王木匠为众人修理农具时还不忘此歌，走到谁家唱到谁家，引得听者无不其乐无比。但有人劝王木匠："我说你这憨木匠呀！王大虽然当兵走了，王二还在哩，你小心人家打你驴儿的耳光子！"王木匠觉得说的有理，便想出"凤英"这样一个常见的名字，以之取代了真人王芬。

周家开了一个骡马店，山西、延安、榆林等地的过往脚夫常来住宿，为民歌的最后完成提供了绝好的表演舞台。在人们的喝彩声的刺激下，常永昌和王木匠兴致愈来愈大，不断编了下去，其间众人也凑了些精彩段落，以至编到了四十余段，里头也包含了些低级下流的内容。王芬的二哥王二起先是不知道凤英的实指的，所以竟也跟着唱了些日子。

那些脚夫和后来的移民队，一路唱去，终使这首美丽的民歌传到了延安，被鲁艺师生收集整理，提纯升华，广传于世。

几十年过去之后，八十年代，张光生先生根据此一民歌，创作出了歌剧《三十里铺》的初稿。大概因为依据的是人们熟知的民歌，反映的又是本县的事情，人物刻画得又极为生动，在县上演出时场场爆满，真可谓盛况空前。王芬一家自然很快知道了。王芬此时早已成了垂暮老妪，可是她的儿孙们都正壮实，一齐找到了剧团。人们以为几十年前的那个耳光子终于要落下来了，却完全错了。时代已经变了，市场经济，商品大潮，他们一点儿没有打人的意思，而是伸出手来：要钱！你们剧团演我妈我奶奶的事情，能不给我们报酬吗？老实说哩，少了还不行！绥德剧团理所当然地拒绝了他们的无理要求，同时发出一声浩叹：如今的农民，和王芬、常永昌、王木匠他们当年很不一样了，一点没有那种淳朴憨厚的劲儿了！

后来张光生先生拿了这个剧本找到我，我俩又收集了一些有关这首民歌的素材，一起折腾了一年多，完成二稿和三稿，由延安歌舞剧团演出，在省上的会演中大获成功，得了最高奖。但终因此时戏剧舞台已经西风萧瑟，这个剧本实质上还没有怎么上阵，就可悲地牺牲了。不过今后如果有人想深入研究民歌《三十里铺》，还是可以把那尸骨挖出来拨弄拨弄的。

鸭子拌嘴

陕西省打击乐团演奏家安志顺先生，创作了一曲天籁地籁般的民族打击乐《鸭子拌嘴》，已演出二十多年，大受欢迎，经久不衰。我曾多次观赏过，每次都被它强烈的艺术魅力所陶醉。

演出时，乐手里拿着小镲、水镲、疙瘩镲、木鱼、云锣等打击乐器。但他们就是凭借这些简单的打击乐器，却挟羽带灵，塑造出了一大一小两只鸭子的可爱形象。

小镲一响，小鸭出现了。接着水镲响，大鸭也闯入人们的心田。小镲敲打出小鸭的天真。水镲敲打出大鸭的笨拙。小鸭软软的羽毛闪闪发亮。大鸭茂盛的肥肚摇摇欲坠。小鸭嘎嘎叫。大鸭扑棱棱地拍打着翅膀。然后木鱼和云锣敲响，那是它们走路了，走在散陈着石子和草屑的路上，一摇一摆，蹒蹒跚跚。它们一路走一路问答着什么，打击乐透出了忘年交的骇俗美丽。

打击乐嚓哧！嚓哧！它们下水了。那是多么清亮的一湖水！水中的荷叶多么鲜嫩！它们互相望一眼，都是喜气洋洋，情绪饱满，便游了，游得多么愉快！而这一切，是由水镲小镲敲奏出来的。只见水镲和小镲，刮击，轮击，滑击，叩击，击打镲叶，镲芯，镲邦，镲边，击打出鸭蹼拨水，击打出圈圈涟漪，击打出大鸭小鸭的长颈轮番探入水中，击打出美餐之后的怡然自得的鸭容鸭貌。啊，两只多么欢乐的水中精灵！

但小鸭与其说前来是为了觅食，毋宁说主要是为了嬉水。嬉到天我浑然一体的时候，它的调皮劲儿上来了，不断挑逗大鸭，撩撩拨拨，挨挨擦擦，使大鸭无法畅游，无法觅食。大鸭假装生气了，亟欲啄它一口，可是它机敏地游到远处，像小兵张嘎似的扮一个鬼脸。于是它们嬉戏地吵起来，即所谓拌嘴。于是水镲响，小镲响，锣、疙瘩镲、木鱼、云锣也一齐响起来。高一句，低一句。粗一句，细一句。互不服输。愈吵愈烈。大鸭小鸭都满身是嘴，是舌，是声。半湖祥和春光。半湖骂骂闹闹。半湖佯怒半湖乐。打击乐把它们戏吵得不可开交的情景，把小鸭的稚顽心理，大鸭的满腔爱怜，真是表现得酣畅毕肖，淋漓尽致。

后来，打击乐渐低渐缓。它表现的分明是已两只鸭子都像倦了的渔船，静静地浮在水面，但依然按捺不住一肚子的喜气。

它们的身、它们的心、它们的每个细胞都好像在说：好畅快啊！何况，日正红，水正暖，鱼虾正多。大自然为它们筹办下万斛幸福。

大鸭游，小鸭也游。

它们游在一幅绝美的画里。

鸭和画悉沉寂如一页历史。

而这时候，暴风雨般的掌声响起来了。观众席上一片欢腾。

灯光明亮的典雅舞台上，气喘吁吁地站着一排演奏家，那是领奏安志顺、孙尔敏和他们的几个配合默契的搭档。他们向观众挥手致意，一个个笑容可掬。

鸭子呢？那大鸭和小鸭？不用说，它们已经钻进还在微微颤动的打击乐器的里边去了，那里有它们黄铜铸就的温暖窝儿。

错了地方

拙作《七月的雷雨》，因其来源于陕北统万城附近山上的一次亲身经历，是以笔挟雷声，雷声喀吧吧吧；字洒豪雨，豪雨简直一滴三桶。因而发表后广受欢迎，先后被选入高等教育出版社出版的中专语文统编教材和中央广播电视大学中专语文教材，并被众多普通中学语文教学所自发采用，几年过去，到现在仍欢蹦乱跳在网络上。该文当然不会是一开头就吼着雷泼着雨的；开头先写的是壮阔高原山顶上的热："这时候是七月，七月流火，太阳像一个喝酒猜拳的莽汉，他喊出的每一声酒令，都使高原滚着烈焰。"其中书写"七月流火"几字时，虽然心里曾有过一丝犹疑——怕人家说你用错了，说这句话不能作酷热理解的；但我还是果绝地把它定格于中国散文绵绵篇章的队列之中。当时想，这几个字简直是我们伟大祖先专门给我此文留下来的斗榫合缝的星月之辞，云霞之句，要是不用，我的这篇文章就缺了许多色彩和气韵，而那几乎无异于是在亵渎了我们祖先人的不朽智慧了。我同时想，为什么委委琐琐，总怕被人以居高临下的姿态"纠谬"

呢，用吧！

不出所料，事后果然有人向我提示曰：文章好是好，可惜七月流火用错了。报刊上也不断有人曰：七月流火，不可一错再错，闹出笑话。于是有朋友劝我说：兄弟！你不如把那句改了吧，免得别人讥你知识欠缺。然而，我毫不因之动摇。不但不动摇，我今日还特为文昭告天下：我，坚决不改！对使用此文而擅自改动者，我深表遗憾，并认为是侵犯了我的著作权！

为什么呢？

“七月流火”语出《诗经·国风·豳风》，其本意是说，到了夏历七月，天气渐渐转凉，黄昏时常常看见一颗名为大火星的特别耀眼的星星从西方坠落下去。豳在我的故乡陕西，即如今的旬邑、彬县一带，我们的陕西古乡党创作这首民歌时，无意中给这个世界创造了一个让人感到火焰奔涌、让人看一眼都感到浑身炙烤的瑰丽意象。这大概也可以称作“形象大于思维”吧。所以千百年来，一些不墨守成规的文人就脱开此话的原意，用它抒写炎热的天气。例如宋末著名词人刘克庄在其《永宁寺祈雨疏文》中就说：“七月流火，不胜亢烈之忧；三日为霖，未慰滂沱之愿。”到现代，活用这句话的人就更多了，当人们要用文字说明燠热时，作家、记者，普通百姓，千千万万的人都会不约而同地使出这句话来。连中央电视台的“东方时空·生活空间”节目，在报导京城热到摄氏四十度时，都是以《七月流火》为题目的。你怎么能以语言规范化的名义把这个势头压住？

古语说：“伸缩进退变化，圣人之道也”。语言当然是要规范化的，像网络上那么漫无节制的乱搞（网络上也有搞得好的），我是持反对态度的。但语言和万事万物一样，都是变化的，发展的。变和发展构成了语言原野上数千年的生机勃勃的活跃景观。沧海桑田的现象不光发生在自然界中，也同样发生在一切人类语言的历史之中。可以说，每一个民族的语言史，都是一幅沧海桑田的模样。随便举个例子吧，《诗经》中也曾有过“中国”一词，但那“中国”却和当今的“中国”的概念相差了岂止十万八千里！我们能因之放弃今日“中国”词义的内涵吗？再例如人都熟知的“三个臭皮匠，顶个诸葛亮”这句俗语，如果用某些人的框框套，你也可以认为是用错了，因为究根刨底，它的本意原是“三个臭裨将，顶个诸葛亮”。裨将者，副将也。我们能固守着裨将不放吗？我觉得正是现在的变化，很有点诗人李白“燕山雪花大如席”的伟大气概，把原意来了个大大的夸张。谁敢说它夸张得不好！

我们在生活中常说要解放思想，但为什么到了语言问题上，却总是表现得作茧自缚、不敢越雷池一步呢？试想，如果我们只允许人们以本意使用“七月流火”，那么，人们在形容天气时就只能写“天气渐渐凉了，天上已开始流火，大家都应该加件衣裳了。”我相信十个人有九个听了这话都会说：“莫名其妙！瞎叨叨些什么呀！”那岂不真正成了笑话？再试想，如果我们以不合本意的理由不许人们用“七月流火”形容天气炎热，那么，古人给我们留下来的这句绝美的诗句还有什么用呢？我们不是把它强行打进故纸堆里去了吗？那对我们民族语言来说，是多么大的损失！

写到这里我隐隐想到，我们中国近代曾经之所以落后得那么让人伤心，恐怕与死抱“七月流火”本意的那类人的那类思维多少有些瓜葛。这类思维今天也对国家的崛起起着令人沮丧的作用。清老佛爷的“祖宗成法不可变”的名言似乎还未绝踪迹。话到这儿未免说得太沉重了，不是此短文可以担当的工作，打住。

在我们周围，现在确实有些学问家，就像每年暴雨季节的抗洪救灾战士一样，对我们祖先留下的一些语词，总是抱着严防死守的态度。其精神当然可嘉了，足以惊天地泣鬼神，足以使六月落雪，数九响雷。但是我想说：朋友们！你把地方搞错了，眼前并没有长江黄河淮河鸭绿江，并没有滔滔洪水！

且莫再说“七月流火”用错了。

谁错了？固执喊错固执严防死守的人错了，朋友，你错了地方！

我想在这个问题上的正确态度应该是，以淡定之心，顺应时势的发展，就是说，在普通人们大都乐于接受的情况下，要允许和鼓励给某些古语赋予新意。只有在实践中让某些旧的却有潜在能量的词语得到浴火重生，我们的传统语言才能焕发生机，历久弥新，从而充满不竭的魅力。即使一些人自己做不到，也不应动不动“纠谬”于别人。应该把思视野放得更开阔些，把思维放得更理性些，多一点包容，多一点大度，多一点变革精神和创新精神。让我们祖先给我们留下的一切美丽词语，都不致被永久锁上镣铐；让一切对我们今天有用的古词古语，都能高高地飞腾起来。

说 序

序，好像已经成了书的不可或缺之物。大多数是请人写的。我因之为不少找上门来的朋友写过。但我自己每次出书，大多都不曾由自己或请人专门为之；我一般用的都是代序。为什么呢？因为不管是自己平时写的文章，还是别人平时主动写的评论，大抵来说，都是在心灵自由的状况下行文的，而又经过了时间考验，因而质量是要好一些的。而勉强或仓促写下的序，就不一样了。我曾在为青年作者单振国君写的序中这样说：

这些年，报刊编辑们最怕接到的稿子，恐怕是莫过于序了。编辑们像大年三十的杨白劳，序则像打着灯笼前来讨债的穆仁智；只要听见穆仁智的鞋底儿响，杨白劳登时大惊失色，浑身哆嗦——几近捧起卤水罐子。这是为什么呢？我想了想，其原因不外是，现今之世，著书立说的人空前潮涌，出版事业空前发达，而作为写序的人呢，大多忙着自己的著述，索序的人又摩肩接踵，于是心不在焉加上精力不足，只好不断地推出着穆仁智了。而穆仁智的面目实在可憎，既无内容之新鲜深刻，又无文采之漂亮优美。这样，不只报刊编辑们惧怕，就是放在书的前面，也很有些煞风景的。所以按照我的想法，如此之序，免了为好。或者学学别出心裁的身后立下无字碑的武媚娘女士，来个无字序吧——当然，如果内心的境界达不到如此之高，也别怄气，就拉大小泰斗们名字的大旗于无字序中呼啦啦飘扬飘扬吧。

我还在为作家雷涛君写的序中，进一步这样写过：

编辑们一听见楼梯上有了送序人的脚步声，定然会急忙藏身于桌子底下。一次我就遇到了这样的严重局面。我拍拍编辑从桌下露出的屁股，说，贤弟莫怕，我带来的只是一则几十个字的文学消息，他才战战兢兢地从桌下爬出来了。

虽然我写得夸张了点，但我想，这是谁也难以否认的现实状况。

善眉善眼，大家喜欢。但我现在想狠毒狠毒，咬牙切齿吼曰：

穆式之序，你死去吧！

愿山河发出一点儿不大不小的回声。

变个时间开

——不是花，是说作品讨论会

一部作品出来，开开讨论会，让大家热风吹雨一番，隆重歌唱其取得的成就，悉心指出其存在的缺点，对社会，对文坛，特别是对作家本人，是很有些既美容又健身的效用的，功莫大焉，不可小视。但对作品本身而言，由于木已成舟，女已嫁人，一碗水已经泼洒在地上，喋喋不休何用？即使孔老夫子在座，车尔尼雪夫斯基在座，周扬在座，荒煤在座，阎纲、雷达在座，他们并且发表了精辟绝伦令人五体投地的意见，实在说，已经没有多少可以补救的意义了，因而常常使人生出许多遗憾。

例如作品是粗制滥造的，如同我曾见到的昧了良心的我国个体户卖到俄罗斯的一条裤子一样，不但粗针大线，破绽百出，而且手伸进裤兜就穿而过之，而且一条裤腿竟比另一条长了三寸；或者存在着比较严重的问题，如同不断出现的含毒假酒。但已经花了那么多的人力财力，印出来了，鸣锣叫卖了，并且隔壁餐厅锅瓢勺碗响得正欢，已经为评论家们准备下几桌丰盛的酒宴，你是叫作家在讨论会上当场检讨呢，还是叫把作品化作纸浆？这不是太让人难堪太对人不起或者太浪费了吗？

例如作品提供的基础实在是太出色了，是一种从未见到过的特殊合金铸成的航天器械，但火候却不怎么到，本应该再锤炼些日子再拿出来——那时候拿出来，保准可以荣获“五个一工程”大奖呢——而现在却急急忙忙地拿出来了，毛毛糙糙的，甚至还隐含着一些故障，最终只能与“五个一工程”大奖失之交臂了。你能不深深地为之惋惜吗？作家能不食不甘味夜不成寐地懊丧九九八十一年吗？

例如与会者发表了英明卓绝的建设性的意见，简直是捧出一根魔杖，可以点石成金，只需举手之劳，稍稍动那么一丁点儿，一章一节或一个人物马上就通体生辉光焰万丈了。而只要如是，其光焰就会照得花儿开，鸟儿唱，就会照得神州大地到处生机勃勃，就会照得连偏远农村的糟老头子也想跳个恰恰舞。但摆在面前的作品已经是白纸黑字，奈何不得，难道不叫人真想鼻涕一把眼泪一把地大哭一场吗？

例如作品本来是很不错的，评论家们却忽然指出页页爬满了错别字的苍蝇、蚊子、臭虫，嗡嗡叫着，蠕蠕动着，令人吃惊令人作呕。这时候，我们很有学问的大作家的脸上就变魔术了，一阵红，一阵黑。这时候，甚而至于还会进一步出现更加美妙的风景，那就是，原本得意扬扬地等着满堂喝彩的出版社的老总，他还能坐得住吗？他就不怕作家一怒而成鲁提辖，大喝一声：“好你这厮镇关西！”然后满场子追而打之吗？

对此，我颇有些比较伟大的想法，因而曾在一个作品讨论会上，像省部级领导一样地指指点点，但竟忘了自己是老几了，事后发觉并没有许多人拿着笔记本层层传达下去，甚至迄今还没有得到我们可爱的神圣文坛的一丝响应，便栏杆拍遍，愤而头撞南墙；却幸未死，今天遂敲电脑，慨而慷，从胸中倾泻出颗颗石子，以期丢进诸君沉寂的心湖，掀起一点儿微澜。

作品讨论会除了大唱赞歌宣传该作品之外，还应该达到一个天经地义的不可或缺的目的，就是使它起到汲取意见的作用，集思广益的作用，出精品的作用。但我们看到的却总是以上种种“例如”，很有点儿使人心生诡异，一脸死灰。所以我郑重可着沙哑的嗓子不是指指点点而是大声呐喊：作品讨论会，变变时间开吧！最好是在付梓之前就开；如果有些作家缺乏自信，怕会上提出尖锐的批评意见，因此影响到出版社的动作，那么，打出清样时即开如何？这样总该可以了吧？既已打出清样，一般说，迟早总是会面世的，所以我的文友们作家君大可不必心跳如捣。而这样做的结果是，尽管为修改作品又花费了不少的时间和精力，却汲取了一些很好的意见，使作品层楼更上了。千里目中，风光无限：读者拍手，出版社碰杯，评论家的心头也不会抹上遗憾的阴影，从而还提高了作家的声誉，更重要的是促进了社会主义精神文明建设，何乐而不为呢不为？

羊的絮语

我获鲁迅文学奖的那本书叫《羊想云彩》。为什么叫《羊想云彩》呢？我是羊。

我出生在陕北，我眷恋着那片土地，我是羊。

我是写散文的。长篇小说作家是长途跋涉的骆驼，诗人是高天歌唱的云雀。我不是他们。我是羊。

我虽然不像骆驼似的跋涉得那么远，但我也天天奔跑；我虽然不像云雀似的歌唱在高天，但我也向往云彩。拿他们二者与我相比，我的心性更接近云雀。

散文是我的歌。

艺术是歌的生命。缺乏艺术含量的歌，平庸得像咩咩的叫声的歌，听一遍人家便不愿再听的歌，不是歌。

大地万物万事是本，本与我心作用，我心化歌飞出。

但这歌已不是大地万物万事了，已经变了。

但它却闪射着大地万物万事之神。

也含着我的满腔之情。

有神有情才有长长的引人反复咀嚼的味。

一位高人曾指点我：做人老实，为文亦老实。——当其文既老实又大不老实时，终成大家。诚哉斯言！如果不是这样，我只配被人置于羊肉泡馍的碗里了。

为了使我的歌更美一些，更动听一些，我天天品摸着云雀的歌声。可以举一个例子：我的案头经常放着诗集。

为了使我的歌更美一些，更动听一些，我吃着骆驼一样的大苦。也可以举一个例子：一九九八年一月五日我正埋头写作，西安发生4.8级地震，全城乱成一片，我竟丝毫不知。

我的歌不能凭借风雨万里的骆驼般的曲折故事遮丑。全靠语言。我不能不在语言上精益求精。我一天只能哼出几百字。

歌有个性才有存在的价值。十多年前我这样说过：我追求土，追求开着花长着草的土，有诗意的土，有灵光的土。现在我依然坚持如故。我一直想让我的歌具有信天游的韵律。

信天游有云：要穿红，一身红，红袄红裤红头绳。我要是风流女子，则更进一步，衬衣也要红的。甚至吃鸡要吃红公鸡，吃菜要吃红萝卜。甚至喝茶要喝红茶。甚至看鸟要看鸿雁。甚至，如果命运注定一场灾难要降临到我的头上，我将选择洪水将我卷走。反正，只要有红字出现或者仅仅有红字的音，就行了——我不惜把我的个性追求推向偏谬。

但在意识上，我竭力求正，求新，求现代。

陕北神木县牧业很发达。它的牧草北部稠密而单一，南部稀少而繁杂；北部的羊优哉游哉，南部的羊每天都是风尘仆仆。结果是南部的羊大大优于北部。我给自己营造它南部那样的环境。我漫山遍野地跑。我吃的是百样草。我知道，营养越杂，歌越绚丽。

我不愿被人把我关在磨坊里让我像灰毛驴驴一样地推磨。如果是那样，我的歌就老是一圈一圈地重复，最终便会失去光彩。

对置身于前有古人后有来者的当代散文界来说，我以为，应少一点遗传，多一点变异。变异才能真正做出我们时代的贡献。

散文的活泼不衰在于拒绝克隆。

但最重要的还是贴近我们这个时代的大地。我的窝现在虽然比从前优裕多了，但我不恋它。我不能只盯着身边的花盆。我更不能只张望自己的内心。广阔、粗犷和大气在召唤着我。所以我经常往陕北跑。一个声音说：已经是什么年月了，连骆驼都不深入生活了，你跑个啥呢！但我不能不跑。是一种崇高的使命感的驱使。我要看云天的变幻，听大地的脉动，体味乡亲们的苦乐。

面对陕北的山河，我曾在一首歌中这样唱道：……我不能郁郁寡欢，不合群。虽然在外面生活了那么些年，然而，卧在黄土地上我不应该嫌脏，见了青草我应该有很好的食欲。我虽然气力不行了，但也应振作精神，跟上踏青的队伍，唱一曲跟上时代节拍的“西北风”。

春节后我将长风破浪，赴美探亲，挂我黄土高原的羊肚子手巾为云帆于太平洋的涛上，密西西比河的浪中，让我的两个儿子两个儿媳陪同着，并怀抱肉蛋蛋一样的至亲的小孙孙，寻找一些新的生命感悟。

答《美文》杂志问

1. 您对散文的基本认识？

答：诗和小说都发端于口头文学，而散文不是。散文一开始就是文人的创作。在其后的漫长发展过程中，诗和小说的创作虽以文人为主，但一直有口头文学相伴，并互为营养。而散文一直由文人独立撑持。所以，唯散文具有比较纯粹的文人因子。正是由于这样，比起诗和小说来，散文缺少了些生命优势。但散文是不甘寂寞的，于是首先求助于诗，以诗为它的灵魂，结果出现了唐宋八大家（他们无一不是卓越的诗人）；接着又与小说竞赛，结果出现了五四新文学运动中的灿烂局面（压倒无数小说中的最精彩的片段）。我们由此便可知道，当之无愧的优秀的散文，首先应是一种艺术品。而散文不管写的是什么，其内核透露出的却是文人的人格消息。

2. 散文写作对您意味着什么？

答：不断地走，不断地上山下乡以了解深层的时代内蕴，不断地吃苦和忍受孤寂。也认真做人，体验自身因周遭事物引起的阴晴风雨。然后在有了写作冲动的时候，挖出心，挖出骨髓，挖出心和骨髓中的文人良知，将所见，所历，所感，放到艺术熔炉中去冶炼，放到艺术的铁砧上去锻打。被香烟熏黄的脸颊，总巴望过些日子，会有比较别致的新作出现。遇到没新作或新作质次的时候，就惶惶不可终日了。散文写作已成了我生命存在的主要意义。

3. 您对当前散文写作现状的看法？

答：散文写作汇集成一片文学景观中的最大的汪洋。诗人、小说家、艺术家大量加盟。新人数以万计、几万计。他们都给散文写作注入了喜人的活力。各种报刊都给他们提供了发表园地。一些雄心勃发的散文作家，正以自己的一篇又一篇的佳作，开拓着出人不意的新路。历史将会证明，这是一个散文写作极为繁荣的年代。但美中不足的是，给予《阿房宫赋》《口技》《荷塘月色》《从百草园到三味书屋》《听听那冷雨》《秦腔》之类的纯散文的闪亮天地，实在太狭窄了。它们已被挤到一个伸不开腰身的小小角落。重思想而轻形象，重言论辐射而轻审美价值，已经成了普遍的现象。历史也将会证明，这是一个很大的缺憾，而这缺憾是由一些报刊的急功近利的误导所造成的。

4. 您目前写作中面临的最大困惑？

答：明知冥冥中存在着无数的哲思和无数的艺术表现形式，却难以获取。即如词的搭配，冥冥中一定也存在着无数巧妙之法（已知的如“美丽的错误”等），也难以窥知。这当然要像屈原一样，虽知路漫漫其修远兮，也要以惊天地而泣鬼神的精神，上下而求索了。但在科技如此发达的今天，难道电脑就不能助我一臂之力吗？如果电脑专家们能就此设计一种软件（一步一步地来，首先在词的搭配方面设计），我将三呼万岁。因为那将不但对我的散文写作，而且对整个文学事业，是一场伟大的革命，从而可引出一个前无古人的辉煌的文学时代。

5. 您怎样看待今后散文写作发展的趋向？

答：报刊对于散文的需求量更多；连领导人讲话的起草者，都觉得自己应该学学优美的散文语言了，因而散文作家会改变多年相对被冷落的地位，会有更多的人参与写作。随笔仍是热门；快餐式的随笔也会长期存在。到了一定时候，人们将会再次想起鲁迅等文学大师，想起他们的即使是论辩性质的《友邦惊诧论》等短文，也充满了艺术气息。于是对缺乏文学性的所谓散文不满起来。散文的主流将会回归到文学的本质特点上去，回归到经典散文上去，即重形象思维、重审美价值。从事各种散文创作的人们，都会追求大变，追求大新，追求大精。八仙过海，各显神通。而在各方面功底深厚又勇于披荆斩棘的人们中，也许用不了几个世纪，将会涌现一批超越一切前人的不朽的散文作家。

散文的含金量

我们所创作的散文，应是狭义的散文，即属于艺术范畴内的散文，因此，在涂抹制造它的时候，必须采用一个作家所应该采用的诸种手段，而这手段的主要之点是形象思维。

懂得这个道理并不困难，但真正干起来殊非易事。最明显的例子莫过于同样需要形象思维的诗歌创作，在诗歌创作中，有人抓耳挠腮流血流汗地奋斗了一辈子，可惜的是，他却总是在与形象思维只有一纸之隔的窗外奋斗，因而他的诗到他蹬腿的时候也无法入流。

所以形象思维，是一种灵性或者才能。

也是一种像在掌子面上的矿工一样的最为艰苦的劳动。不过，散文家开掘出来的不是煤，不是铁，而是思想和艺术的矿藏。

而且散文家还要继续辛劳，要将这思想和艺术的矿藏提炼熔铸为一种合金。

散文的含金量之金，就是这种合金。

一篇散文的高下之分，文野之别，审美价值，就在于这种含金量的多寡。

合金中有时这方面薄弱了点，有时那方面薄弱了点，这是不足为怪的事情。甚至，也不影响一篇散文成为很有价值的艺术品。但是，绝不能只有思想而没有艺术。如果是那样，它尽管很可能会起到启人心智的功效，但对于散文来说，它却不折不扣地属于假冒伪劣的货色，应在扫荡之列。

而只有艺术的东西，又会成为病怏怏的花朵。

艺术的精湛是散文的起码的也是最重要的构成元素。因为它，散文才在这世界上有了生的权利。

而深刻的思想，则可以使散文跳荡起来，呼啸起来，燃烧起来。

思想与艺术的合金，其成色，其品种，在冥冥中一定是五彩缤纷的，是以亿兆计的，而千百年来，我们发现的只是很少很少的一部分，可以说充其量不过三百五百罢了。因此，在散文创作的路上，绝不能有山穷水尽的错觉，而应该树那么一点儿雄心，通过所有散文家毕生的努力，能尽快让一些崭新的合金，闪耀在我们的作品之中。我们不能辜负历史的重托。

一首小诗引起的断想

我上小学时就开始发表习作了，基本都发在地区的小报上，数量很多。上中学后，几乎天天读诗写诗，并且已叩开了省上文艺刊物的大门，尽管发出的所谓诗作还很不成样子。一九五五年，我读初二。那年的中秋节，班上派我和另一同学抬了个筐子，去为班上买枣，在那儿触动了灵感，回来便一口气写出首小诗《大红枣》，三节十二行，这诗则差不多可以称得上是真正的诗了，次年被选入省上编的青年诗作者诗选之中。

有时候，报刊上突然出现一个新作家的名字，那是带响的名字，带光的名字，足以使粉丝们顶礼膜拜，都说他太伟大了，太了不起了，真是一鸣惊人！殊不知，他早在差不多是恐龙时代就奋斗着了，征衣已换了千件万件。

这首诗对我很有些纪念意义。我从此坚定而又狂热地向文学创作扑去。上世纪九十年代，家乡文联的友人编诗歌选集向我约稿，根据有关要求，我将它寄了去，并在稿末特意注明了写作年月。可惜的是，书印出来，怅然茫然惘然，写作年月不见了，很让我伤感了一阵子。

有的作品，似乎不是在你创作的胎里生出来的，而是跳出来的，而一跳出来就如白天鹅的完美歌唱，无须再去加工修改。其实每个作家都应有如此的机遇。这机遇的构成物，是一时的感受、一时的思绪和一时的精神升华，稍纵即逝。有的人及时地抓住了，于是有了炫目之作，于是在文学史上有了地位。而有的人似乎时运不济，明明与那机遇曾经相遇，却或者疏忽了，或硬是懒了一下，结果与那机遇擦肩而过，而时不再来。但他至死还不曾明白，以为自己只是欠缺才华。

因了这首诗，我又想起一件事情，那就是仰仗它，我曾获得一笔令人喜悦的令人脚步有力的稿费。我记得清楚极了，稿费是整整十六元，那可是一九五六年初春的十六元啊，等于当时不少人一个月的工资。由于省上的那本诗选还选了我的另外八首诗，我一共得到稿费一百二十五元整。相比现在的稿费，那时的笔杆子实在是太能赚钱了。而现在，有时候却太有点不可理喻太有点滑稽。

近些年不少人搞钱币的收藏，使旧钱币贵重得像远年的一件件青花瓷器。我于是在和友人闲聊时说，要是我当年把那些从邮局取出的硬铮铮的一百二十五元人民币不花，也不要存入银行，而就那么放着，无疑，现在，我就会成为一个不大不小的富豪了。但谁又长着前后眼呢？恐怕只要按常理看属于有点儿脑子的人，都不会如此幸运的。倒是那些马大哈，很可能把当年的一毛两毛的小票票小心地或胡乱地压在哪里，忘了，现在偶然翻寻出来，哎呀，上天有灵！

世事者何？有时越想越难以说清。

水墨故土欲成诗

我从少年起就喜欢一切艺术作品，老来又读了许多国画，因而便隐然向往着画国画了，但又一看自己的一把年纪，觉得那完全是痴人说梦，所以便常常对老伴说："我下辈子学画画吔！"

说得多了，心里便有了一些迷糊和当真了。

而下辈子在哪里呢？

一日，我忽然想到，为什么要这样阿Q自己呢？为什么要把一种夙愿交付给哄人骗己并不存在的轮回中呢？为什么不可以把下辈子想干的事情，从虚无缥缈中拽将出来，拽到我暮色半掩的手中？

那一刻，我兴奋地心头一震，我觉得自己浑身上下里里外外都被一柱辉煌的光束照亮了。

其时我七十四岁了。

我于是置笔，买墨，购宣纸，挽起袖子，俨然活石鲁似的，真的干起来了，手上是黑衣上黑。

尽管形象不雅，却很有些匪夷所思，我是一步就跨上创作的台阶的——创作的心态，创作的思维，创作的架势；而我所涂抹出的头两三张画，如果不严苛要求的话，那确也是已经初具创作的明显特点了。当然基本功太不够了。我深知，被我跨越而过的，是层层叠叠的素描之阶，层层叠叠的国画的基本技法之阶，但我仍不气馁，仍继续着创作，当然又在创作中于那层层叠叠中往返，往返，汗流浃背。一连串的画儿就这样画出来了，竟然大部分都还人模狗样的，像那么回事情。

我于是越来越有了兴致，完全沉迷于我的水墨世界中去了。当我的笔锋勾勒出一颗老南瓜的时候，我知道，那就像我。天地悠悠一颗瓜。它黄黄的颜色如我浑身老去的肌肤。它表面的竖沟如我额头的深深皱纹。因为那是出自于我的手笔的一颗瓜呀。因为那是灌注了我的心血的一颗瓜呀。一颗老出了野心老出了芬芳的老南瓜！虽然漂泊海外，感觉得到，它却被一根无形的横跨大洋的蔓子牵扯着，而蔓子连着老根，老根深埋而纠结，在我亲爱的故土，在陕北的黄土地上。

感觉得到，我一铺开宣纸，那老根便蠢蠢而动，那老根周围的一切便蠢蠢而动，于是，那宣纸上所显现的，便是陕北的山，陕北的水，陕北的糜谷气息、油炝泽梅的气息和山丹丹花的略含苦味的清香了。而我也乐于与老根产生爽彻心脾的生命共振。所以我的中锋侧锋逆锋，所以我的浓淡干湿，所以我的钩点皴擦，都情意深深，颤动着信天游一般的旋律。

那抒情般的画画过程是再可人不过的了。我的笔在纸上皴，皴，越皴越感到如风雨剥蚀着什么，千年风的剥呐万年雨的蚀，剥蚀中，发觉这纸哪里还是纸了啊，这纸；这纸有了石的质感，石的棱角，甚至皴时有了响声并火星欲冒；再皴，一块山石出现了，两块山石出现了，三块山石出现了，石石相钳，如生成于远古的地质活动，并且在上面堆积了厚厚的黄土层，于是一座山兀自里矗立起来，那便是陕北的山。接下来，我的笔在纸上挥洒，笔锋上墨水相融，墨水又与感情相融，一处处融开去，一处处浸开去，一处处渗化开去，真宛若是一种化学反应或生理反应或心灵反应，这反应变化万千妙趣生，几多诡谲几多奇。默默地看着它们再怎么游移变幻，有时候我真是喜欢得不得了，因为它硬是遂了我的心意，成了我预想的景观。有时候我又紧张得不得了，因为看看它们竟如山洪横流，所以赶紧用纸去沾，去堵，结果还是成了一片黑水洼了，我便觉得是亵渎了我亲爱的陕北的那份美丽，因而气急败坏，捶胸顿脚。但有时候呢，我去画别的地方了，我以为这案头上宣纸的天地只有我一个人在动作着了；然而大谬！那壁厢，喜讯却正在孕育。那是眨巴着眼睛的水墨还没有闲着。悄没声息地，像一个夜行侠，水墨正在匍匐潜行。嗬！一个不留神，奇迹便和我碰了个满怀，啊奇迹！——这儿竟成了一道主动脉连着无数毛细血管一样的沟渠了，陕北山洼里的沟渠，沟渠里疑有野兔出没；那儿竟成了一丛丛茂盛的草木了，野艾，马莲，酸枣，木瓜，马茹子，山丹丹，张扬着高原特有的活力和灵气，我不禁惊喜得弹跳起来。接着我又蘸足了墨，用墨去画窑洞，窑洞响门亮窗；接着我又蘸了墨，用墨去画碾磨，碾磨米面飘香；接着我又蘸足了墨，用墨去画一个年轻女子，锅台前的二妹妹听见了什么？——听见哥哥马蹄子响，扫炕铺毡换衣裳！她的惊喜的一切，虽然隔着关闭着的窗户，猜想人们也似乎是能够看到的了。有一次，我在那画上题款曰：

> 水墨故土欲成诗，
> 沟沟峁峁都是字。
> 情在哪里意在哪？
> 每棵酸枣每块石。
> 败笔犹如穿心刺！

文有文脉，画有画理，而经验里，文脉画理中更都共同闪耀着两个令人神迷的醒目篆字：灵感。灵感如电光火石，却又常常隐身不显，它只是在偶然间的一个经典时刻，才能迁想妙得。那天灵感忽入梦中，我披衣而起，下床即画。不！其实我所看见的挥毫者，应是别人，应是高人，或者应是半人半仙，吾只是一个旁观者也。只见他笔下的线条虚虚实实，浓浓淡淡，粗粗细细，忽然间他的笔又蘸饱了墨和色，只见那笔交叠挤压，横扫狂泼，一忽儿便把一个雷雨过后的陕北高原，就画得清新壮阔，磅礴雄浑，气韵淋漓。这时候只见他又以沉着老辣之笔，在高高的山顶上画出了陕北的典型的好后生，朴实，憨厚，强健，羊肚子手巾红腰带，感觉得到，后生的胸脯在微微起伏，一股直冲云天的向上之力，从他的身上破唇而出，而整个画面上的一草一木一土一石都冒出着袅袅地气，都托扶着这力在升起，升起，那升起的当然是信天游了——飘飘逸逸的信天游，酣畅嘹亮的信天游，万年不朽的信天游。

这高人当然应是我企望中的自己。而那后生呢，确实系我所画。我隐约看出那后生身上有我的影子。我觉得我多须的唇间还残留着信天游的余音。于是古稀的我倏忽间成了后生一个。想起曾说过的“我下辈子要学画画吔”的话，便觉得自己已经进入下辈子啦，眼前的后生就是证明。后生野心勃勃地想举办一次画展了，野心勃勃。不为别的，一为充盈艺术之河，二为昭告今人和后人一句也许是可以振聋发聩的话：每个人都可以活出两辈子！

越一越平原

——关于山水画创作

我们的祖先挥洒在宣纸上的灿烂艺术，常常使人如醉如痴。

这灿烂艺术的种种伟大之处，在一篇短文里，要罗列出来是相当困难的。现在我只想说，仅是那艺术中风情万种的线条和水墨渗化出来的眩目气韵，就足够支撑我们民族腰杆挺直地屹立在人类文明史的某些醒目的高峰上了。

山水画，就是那艺术中的一支。

浓重的山水情怀，可以说是我们祖先的一种异禀。远在春秋时代他们就说了：“仁者乐山，智者乐水。”他们喜欢拥抱山水，喜欢临山而栖，临水而居。而由于数千年来不时出现的封建专制的暗无天日，更促使他们中的大量杰出人物，心怀悲愤和无奈，退隐山林。我们耳熟能详的诗句“采菊东篱下，悠然见南山”，就是我国历代一些社会精英生活的典型写照。艺术是情思和生活的反映，因此我们祖先所画出的华夏风光，就多是山水景观了。这也造就了他们特色鲜明的审美观念，清代诗人和文艺评论家袁枚云："文似看山不喜平。若如井田方石，有何可观？唯壑谷幽深，峰峦起伏，乃令游者赏心悦目。"清代画家石涛的一部画论，大部分篇幅都在谈山的画法，在他的心目中，画家毕生的事业，似完全是"搜尽奇峰打草稿"了。由于这些原因，使我国的山水画，一直特别兴盛和卓尔不群。

回望我国整个文化史，与绘画平行发展的，当然更有作为文学的文字门类，它们有的甚至比山水画所取得的成就还要璀璨，比如诗词曲。而诗词曲，大概由于太过完美，而物极必反，因而它们相继先后退出了历史舞台，当年的风光永不会再。而山水画，现在看来，还有不小的发展空间。石鲁，李可染，吴冠中，张大千，刘国松，贾又福等画家，已经给山水画的进一步发展注入了一些生机。然而，就目前来看，山水画在前进的路上，还是显得很有些步履蹒跚。

在我看来，所谓山水画，应该是描绘自然山水的画作，就是说，表现自然，也应该是山水画的题中之意；同时也就是说，山水画应该是和西方的风景画大致相近的艺术形式。可是在当前，一打开有关山水画的网页，我就有些头晕了：怎么满眼都是山+瀑再+一个小亭子呢？怎么除了山+瀑再+一个小亭子之外的无限广阔丰富的自然人文风景，只能表现出极少的一点点呢？为什么路子竟走得这么狭窄呢？

平心而论，这些山水画的笔墨技巧还是很不错的，有些甚至是一流水平，但是，其内容和样貌竟像一个模子托出来的，就不能不使人要为之捶胸顿脚了。

我以为，当前的山水画创作，除了上述少数杰出画家的大胆创新外，多数完全是因袭古人的运思方式和套路，没有多少创造，因而把本应天广地阔的景物描绘变成了完全囿于丘壑的刻板复制，而且总是在那里有气无力地兜着圈子。我还以为，在五四以来和改革开放以来的两次思想解放运动中，好多领域都呈现出天翻地覆之态，而山水画呢，它的变化实在有些微乎其微，令人沮丧。

对此，我们当然应该静下心来，思考一些问题。

袁枚和石涛的说法，不可谓不高明，因为它道出了艺术创作的某些规律。但是这些说法显然是有缺陷的。难道井田方石真的无可观吗？难道除了奇峰就无可画的吗？石鲁的《种瓜得瓜》所画的山村小学校的图景，吴冠中晚年画的我国南方的田园和黑瓦白墙的房舍，谁说不可观呢？谁说不可画呢？

恐怕还是法国的雕塑家罗丹说得更好：“世界上并不缺少美，只缺少发现美的眼睛。”美无处不在。因之西方的风景画比我国的山水画题材广泛得多。

我们应该把罗丹的观点，大胆地引进到山水画的创作中来。

与此相适应，我们的画家应该具有能赶得上时代发展的襟怀眼界。

什么是我们应有的襟怀和眼界呢？我看，在此，大可不必拿出一些玄而又玄的词语加以说明。我们似乎只看看王莘先生创作的《歌唱祖国》中的一句歌词就可以了，那歌词说：

越过高山，越过平原，跨过奔腾的黄河长江！

我看，这就是！

那么，就让我们从几千年来所陶醉着的山间走出来，先放眼看一看我们应该越过的平原吧。

那平原是：东北大平原，华北大平原，长江中下游大平原，珠江三角洲大平原，这些大平原其实是我们辽阔国土中的白菜心子，它在国民经济中所占的重要地位，不言自明。而它们的多姿多彩和无限美丽，也是众所周知。正因如此，多少年来，孔雀总是东南飞啊！

除此之外，我们还有许多稍小一些的平原，如笔者家乡的关中平原。但就是关中平原，也有八百里长啊！

如果没有这些平原，还能把中国称为中国吗？

但这些平原，多少年来，怎么没有被画家们用足够的浓墨和重彩，展示于千张万张的宣纸上呢？

其实这没有什么好奇怪的。当年，西红柿从南美传到欧洲，人们都说有毒，不敢吃，只是当作观赏植物。欧洲人不是很有探索精神吗？可是，在那儿，西红柿的从观赏到食用，居然用了漫长的二百年的时间！

知之行之，未为晚也。

那么，就让我们怀着满腔的创造激情，在这些平原上，迈开前无古人的脚步，好好地越一越吧！

我想，只要在这越一越中认真深入生活，要不了多少时间，我们肯定会在这些地方挖掘出数不尽的美来的!

因为，这是一片数千年来基本被山水画家忽略了的土地啊，这基本是一片未曾开垦的处女地未曾开挖的矿床啊，在这里，只要我们认真地去挖一挖，只要我们不惜流几身汗水，我们该能挖出来多少惊骇俗的大奇大美!我甚至想，我们绝对是可以在此美美地挖上它五百年的!

而其实，我心中所闪耀的平原，既是这些平原，又不是实指。这是我要说的又一层意思。我是说：天空，旷野，田园，村舍，河畔，夕照，沙漠，拦洪坝，电视塔，大路小路高速路，新建的市镇，连山的桥梁，风铃叮呤的屋檐……总之，举凡我们眼前的一切具有美的潜质的风景，悉在其中，我们都应该用自己真实的脚步和心灵脚步去越一越。让我们越一越这块大得无边的平原吧。持以时日，我想，一幅幅既有传统风韵又有崭新姿容的山水画，将一定会无羞无愧地出现在我们的时代画廊。那，也许就是山水画的新纪元。

三页瓦画展前言

陕北是一块极富于艺术创造力的神奇的土地。举凡那里艺术，诸如信天游，腰鼓，汉画像石，石狮子，剪纸，等等等等，都是令人叹为观止的艺术瑰宝。

现在有三个人，两个老汉和一个后生，仿佛刚刚从陕北剪纸或陕北汉画像石上走下来一样，一身的朴拙，一口的乡音，在西安豪迈地推出他们的画作。无论是老汉还是后生，他们都出生和成长在那片土地上，尽管早已成了城里人，但心尖尖上都还挑满了儿时沾上的温热黄土。在他们的生命深处，那黄土居然像他们远去的先人留给他们的基因一样，在阳光的透射中，不时闪烁着执着而奋发的光芒。

现在他们决定在二〇一五年五月十日至十二日在西安曲江亮宝楼推出三页瓦画展。

此瓦不是以黄土烧制。此瓦是从黄土里长出来的，是有呼吸有脉动的。

陕北谜语有云：三页瓦，盖房，里头坐个白娘娘。

谜底：荞麦。

且不说那白娘娘美得就像蓝花花了，单是说那三页瓦盖成的房，就应是天生的简洁而精巧的建筑了。

在陕北长大的三页瓦，都曾经被那儿的雨溜过，风扫过，夏天的烈日烤过，因之他们都有一股韧劲和顽劲。

遥想秋初的陕北高原，从塬梁到沟谷，荞麦花开得一派粉红，朵朵招蜂引蝶，打动人心。在三页瓦画展的大厅里，我们也应能闻到这荞麦花的袅袅清香。

三页瓦的建筑供奉着白娘娘，供奉着创造着人世之美。

三页瓦，两个老汉是两页，一个后生是又一页。

一个老汉是早有盛名笔黑老辣屡出新意的国画人物画画家耿建，一个后生是陕西画坛的后起之秀恪守艺术真诚前程无量的许飞，另一个老汉是曾获鲁迅文学奖新近突入画界出手不凡的刘成章。人说杰出的艺术作品能升华人们的精神，其实从事艺术创作更能升华人们的精神。在这追求享乐追求安逸的年代，他们却都成了工作狂，手上墨迹脸上污，端上饭碗还揣摩。他们的内心都有个不同流俗的空间。至于别的，比如他们以往的其他过五关六将抑或喝米汤屙一炕的事迹，就不必细细交代了。在大幕拉开的时候，载歌载舞的只应是他们的作品。其中也许有曼妙之姿，也许有酸丑之容；也许有神品逸品，也许有烂货；也许有日月精华，也许有杂石乱草；也许有正宗的荞面饸饹羊腥汤，也许有凑数的小摊吃喝倒胃口；当然，也许能给人们造成一个不大不小的惊喜和震动。不论如何，它们都应是不以作者意志而转移的客观存在，完全属于社会，任由人们评说和臧否。

记忆中的陕北，常常能听到柔美的女声唱着这样一句信天游的比兴句子：三十三颗荞麦九十九道棱。在歌声里，那三十三颗荞麦几乎成了三十三颗透明宝石了，而那九十九道的宝石的棱呢，那时候，它一刹那放射出了多么灿烂的光辉！

那应该是深藏于他们心中的艺术追求。

有一天他们画不动了，他们真愿像真的荞麦皮皮一样，为人们装入枕中，让荞麦的异香浮漾于枕头的四周，永不消散。

再亮三页瓦

去年五月，冥冥中荡漾着一个“三页瓦，盖房房”的童声的歌唱，我们两个老汉一个后生的“三页瓦画展”在西安亮宝楼隆重开展。我们仿佛把家乡陕北的三亩荞麦连根带土地整个儿搬来了。嘉宾纷至，人头攒动，都在品评这迎风摇曳着的荞麦的成色的好坏。那是一些让人十分感动的日子。朋友们和众多媒体给了我们极大的鼓励，使我们增添了在风雨中逐日成熟的饱满信心。

转眼间一年过去了，我们去年的荞麦早已入囤，今年的荞麦似乎长势也有些喜人，现在各选一些请朋友们继续品评，看看在后人们兴致来了的时候，能不能锅瓢碗盆一齐响，摆几桌较为可口的荞面饸饹？

我们陕北民曾经唱道：“地上五谷万物生”，但虽同为五谷，却各有各的品性。一颗滚圆的豌豆掉在地上，眨眼就不知道滚到哪里去了：一颗椭圆的麦粒掉在地上，虽然跑不到哪里去，但稍稍遇上点儿外力，也会滚上那么一阵子；而荞麦则不同，荞麦是三角体的结构，三角体掉在地上会立马稳稳当当地站在那里。我们就是这开过粉红花朵长出薄薄的三页瓦的三角体。我们很高兴地告诉世人：无论我们三人的友谊还是我们对艺术的执着追求，都会稳固如一座小小的山岳。

谢谢大伙赏光。

对于一幅画的阐释

自古至今，中国的笔墨中，出现过多少石头！那是很自然的，中国的石头本来就多，石头是山水画的主要元素。而当我又画出这一座石山的时候，起先，我并未在意，我认为我是干着画家们都在干着的事情，可是拿到画展上一挂，竟吸引了好多人的目光。有人夸赞，说："多少人画了一辈子没画出，而你却画出了！你给中国画添了光彩！"我于是与观者一起细细审视，便觉得那宣纸上有着明显的质感——不是土，不是草，确是一座石头的山。石头上的纹理分分明明，那是风吹成，雨蚀成，太阳晒成。于是有人又夸赞："你的笔是曾经带有阳光和风雨的。"是不是这样，我不知道；我只知道我笔下的这座石山，是我们黄土高原陕北型的，是可以从上面揭起一层一层的石板的。

山背后就是县城。那县城里的许多建筑，一定是用了这儿的许多石板。县城里的人们闲下来的时候，也常来这山上散心。莫道这儿仅是一座干石山；这儿的某一隐秘处所，一定有一个喜人的可爱泉眼，因而小溪潺潺而下，晕渗开一片灵光水气，直扑人心。山上的那棵千年巨树，也许长了一千年了吧，曾遭受过数不尽的磨难，现在的人们总算知道了它的金贵，已经把它保护起来了。那窑门闪出的红衫姑娘，也许就肩负着护树的职责。放羊人绝不会允许羊子啃了树皮的。

现在，读者的眼睛早该歇一歇了。欣赏此画应该是更多地用用耳朵。放羊人此刻一定是站在树后吧，他正在一声高一声低地唱着，他的声音其实很响，他唱歌就是为让县城里那些红男绿女们听见的，撩拨他们的心弦。而城里的汽车声，叫卖声，说笑声，划拳声，不时隐隐地传上山来，逗引得放羊人觉察到自己内心深存的几分寂寞。当他不再想唱的时候，小溪的声音便显露出来，叮叮咚咚地作响。人们这时应该意识到，原来，这小溪，竟在一直伴奏着，它是一张天造地设的无弦琴。大概为了别让这琴声白费了，这时候，代替牧人，羊子们便此起彼伏地亮开了多少有些沙哑的嗓子，咩咩，咩咩；它们成了临时歌手。而转脸看时，红衫姑娘又一次出门了，她端一盆洗菜水泼下硷畔，一不小心，祖传的金色铜盆竟从手里溜脱了，从石头的山上滚落而下，发出了咣啷咣啷的一阵脆响，惊得山下树林中的鸟雀们都扑噜噜地飞起来了，散开一天鸣叫的黑点。

《蓝花花》之蓝

《蓝花花》是陕北最美、最有名的一首民歌，走遍全国，只要是有点文化的，可以说是无人不晓。本来，这首民歌从延安鲁艺师生们收集整理到印在何其芳张松如（公木）编选的《陕北民歌选》中起，作为歌名和歌中人名的蓝花花，均是钢铸铁打的此三字，不曾有任何含糊。曾经有据此改编的钢琴曲，曾经有据此改编的延安歌舞团和陕西歌舞剧院的两部歌剧，以及陕西人民出版社出版的连环画，无一例外的都没有在这三个字上动手动脚。虽然其间推行简化字，在不少人的笔下常把“兰”字误以为是“蓝”字的简化字了，但在正式的出版物上，我从未看到在此歌上有一乱套现象。《蓝花花》虽然再放异彩，独唱，合唱，叙事曲，歌舞剧、芭蕾舞剧、电视连续剧……各种样式竞相演绎，然而，遗憾得很，它们却大多莫名其妙地堂而皇之地用“兰”这个别字取代正字“蓝”了。发展到近四十年后的今天，别字“兰”竟仍然大行其道，李鬼冒充着李逵，真叫人难以静心旁观。

我希望人们知道，《蓝花花》必须是《蓝花花》，而不能是

《兰花花》。其原因是：

一，在延安鲁艺师生收集整理《蓝花花》的那些日子，正是著名的延安文艺座谈会刚刚闭幕之后。那时的文艺工作者的艺术情怀，与后来相比，是更接近于最底层的农民群众的，他们对作为陕北民歌的《蓝花花》是心存谦卑和敬畏的，因而不折不扣地保留了《蓝花花》的原生面目。何其芳先生在《陕北民歌选·代序》中曾说："至于字句上的校勘和注释上的增改，除了根据张松如同志的意见和我保存的一份草稿而外，又曾请在陕西生长的柳青同志、李微含同志就原书校看过一遍，并最后向马列学院的陕北同志高朗山、李之钦、王朗超、王琼作过口头调查。中国民间文艺研究会的贾芝同志为这本书的校正重印也花了一些时间，有些疑难的地方，曾代为调查。"可见当年的一丝不苟。现在这么一变，不是太过轻率了吗？二，"蓝"字之所以变为"兰"字，我想，信笔改动者在改动时一定是想到了兰花。但兰花的生长地虽然相当广阔，但主要是在我国南方，北方虽然也有那么一点，但它从来未曾伸展到陕北的黄土地上。固然，兰花作为花中的四君子之一，在我国古老文化中影响深远，但是，它影响的范围主要在知识分子领域；对于陕北农民来说，它绝对好像是天外的东西。因此，让它出现在陕北民歌中，是不合情理的，极不妥当的。三，陕北是我的家乡，我在陕北常常看到，它的山野间很有一些大朵或小朵的蓝色的花，其美丽程度大概仅逊于火红的山丹丹花。我想这首民歌在长期的传唱过程中，"蓝"字作为姓氏的功用，实际上已经淡化得十分微渺了，人们一唱起来，脑子里呈现出的已经全然是蓝色的意象，具体地说，那花花是蓝线线似的花花，“蓝格英英彩”似的花花。四，我们可以研究一下，歌子首节的光华四射的起兴句“青线线那个蓝线线蓝格英英的彩”，陕北农民在创作它的时候，是怎么想出来的？难道不是由于那个一十三省无人比得过的美丽姑娘姓名上的那个蓝姓点燃了他们的创作灵感的吗？五，一切民歌都是以情歌为主体的，陕北民歌亦然。从陕北民歌中看，我们的陕北后生们对异性最喜欢的颜色是白、红和蓝，如“白生生的脸儿”，“红萝卜胳膊白萝卜腿”，“要穿红，一身红”，“要穿蓝，一身蓝”，“羊肚子手巾三道道蓝蓝”，等等。具体到《蓝花花》中，开首第一节所渲染的蓝色情韵，是那么纯，那么透明，那么令人立时沉湎于其中，不能自拔。而今在这儿出现一朵其颜色难以确定的外来的兰花，这兰花尽管也许比陕北蓝色的野花美得多，却将特定的蓝色情韵破坏掉了，岂不是很有点煞风景么？

我们常常看到，一首民歌，往往有多种版本，这应该是很自然的事情，因为流传在民间的民歌就是多种多样的，收集、整理、改编的人不同，版本便不会一样。而且，有些民歌还未定型，还在发展之中，所以可能还会出现更多的版本。但对于一首早已定型了的经典民歌，比如说《蓝花花》，我们必须采取审慎的态度。何其芳先生早在《陕北民歌选·重印琐记》中说过：“我们根据主观臆测或甚至狭隘观点来任意改动，却一定会有损于它们的本来面目，对于后来的研究者是很不利的。”此外，我看是还应该有个版权问题的。歌名和歌中的某些筋节之处，应该以版权法精神加以限制，不应允许妄加改动。

写到这里，我想顺带说一个问题。有人说，此歌产生于上个世纪四十年代，我不信，因为其时《蓝花花》的诞生地延安一带，早已是红色天下，而此歌分明表现的是发生在旧社会的悲情故事。我认为，此歌产生的年代十分古老，也许会出乎一般人的想象。歌里有一句“一十三省”，它应该透露出了个中消息。我查了一下资料，明朝设过除京师和南京之外的十三个布政使司，即省。文化往往有一定的惰性，所以清朝还有“天下十三省”的说法（清李文凤：《岁月丛谈》）。而对陕北延安来说，上世纪三四十年代是党中央坐镇其间的年代，其社会文化巨变的广度与深度，无与伦比，不可能再把那样的说法沿袭下来。

倾慕张岱

近读张守仁先生编选的《世界美文观止》，厚厚的一册，选的是从古希腊、从先秦迄今的全球美文精华。选入我国明朝到清初的作品，仅仅一篇，是张岱的《湖心亭看雪》。明朝存在了漫长的二百七十六年，加上清初的数十年，出现了许多伟大的小说家和戏剧家，相应地，散文高手也很是不少。但是，能选在这儿的美文，仅此一篇而已。张岱的这篇文章极短，只有一百六十多字，但是，它被作为那个年代我国美文的代表作选在这里，当之无愧。事实上，一论及那个年代的好文章，人们大抵都首先会想起此文的。我一直对此文喜欢得刻骨铭心，而我的喜欢，又主要是缘于文中的几个量词的奇配。

此文写的是“大雪三日”之后的西湖，“雾凇沆砀，天与云与山与水，上下一白”，张岱就在他写的这些文字中乘舟而来，量词的奇配也就出现在这里从而使人拍案叫绝：“湖上影子，唯长堤一痕，湖心亭一点，与余舟一芥，舟中人两三粒而已。”

张岱，他真是最具创造性的绝才。他真是古今罕见的语言大师。比如这个量词“粒”吧，我们不是常用它么？用它的时候，不是觉得它和它所指称的东西例如花生米、药片、纽扣等一样的稀松平常么？可是到了张岱手里，它却和两三个大活人搭配在一起了，无比生动地描写出了阔大中的人物景象。可以说，自从我们老先人造出了这个“粒”字起，它从来都是默默无闻地蹲在一个角落，只能偶尔出来跑跑龙套，是张岱的神来之笔，一下把它推到了舞台的中心，使它发出了最为璀璨的艺术光芒。

也许有人说，不就是几个量词的使用么？有什么了不起的？雕虫小技而已！

不！量词的奇配，成就了《湖心亭看雪》不朽艺术。而《湖心亭看雪》再加上篇幅稍长一些的《西湖七月半》的不朽艺术，又成就了稳站于文学史的上的张岱。

这四个量词放在这儿，抵得上四十吨黄金。

独创性太重要了。

自古至今，写诗为文壮志凌云者何止百万千万，但能像张岱似的给后世留下令人爱不释手的若干文字，实在不是很多；大部分人的笔耕不辍，最终只是一缕云烟。

张岱一生著述蔚为壮观，据他的《自为墓志铭》所述，就有二十部之多，其中仅写作历史巨著《石匮书》，就耗时三十年，计有二百二十卷。但是，要是与这两篇短文对于中国文学甚或中国文化的贡献相比，它们都显得微不足道了。

已故女散文家李佩芝曾对我说过，有一人，是个写大部头小说的，他总是对李佩芝的劳作深怀着巨大的怜悯，一次他对李佩芝说道："你怎么还在写那些小散文呢？"李佩芝说，听了这话，她很有些哭笑不得。

作品的价值难道是取决于字数的多寡吗？各种文学体裁难道有高下之分吗？很有点意思。

但鄙薄短小文体者，其实并不止于个别人。作家和谷最近在一次发言中敏锐地指出，散文被"当代的文学教育看重，却被文学机构轻视。"和谷揭示了这些年一个很值得注意的现象。依我看，当代教育是最接地气的事业，而一些文学机构，则是很有点腾云驾雾了。遗憾。

才情横溢笔底常含灵气的李佩芝，和我共过事，我因之知道她也像我一样地倾慕张岱，对张岱的散文推崇备至。她曾经发表过受人称道的小说，但是她好像从张岱等人的生平创作得到了某些启示，以后便矢志不渝地专写精短散文了。她直到一九九六年去世前的几个小时还在从事着无怨无悔的散文创作。现在，李佩芝的代表作《踏青的风日》，不但上了人教版藏区的《语言》课本，而且在内地许多中学语文课堂上，也频频出现，还经常被更多的人们阅读着，称赞着。这使我不由又联想起大部头的小说来了。我们中国这些年每年出版的大部头小说，前些年有一千多部，而去年已超过两千部了，但是我想问，其中有多少部的价值能比得上李佩芝的这篇短文呢？

最近，我很高兴地看到一个报导：李佩芝的名字，已经载入刘锡庆先生主编的《中国散文通史》了。

相隔四百多年，李佩芝在阐释着先贤张岱。

失落的文学珍奇

网上，对于唐代诗人张若虚的介绍，让人不能不多看几眼。代表作，《春江花月夜》《代答归梦还》。全集，也是《春江花月夜》和《代答归梦还》。其实网上反映的是实情，遍翻神州诗库，他的作品也只是这样两首，绝无多的。

但在唐代当年的文坛上，张若虚可实在是个有点儿头脸的人物。他和贺知章、张旭、包融并称吴中四士。我们从他现在仅存的这两首诗也可以看出他才华横溢，把他放到群星闪耀的唐诗人群中，也是相当璀璨的一个。仅是《春江花月夜》中的那一句“海上明月共潮生”，也足以使他名垂千古了。那句真真了不得。

但唐代并没有他的诗集传世。我推测，他一定是个行为低调的人，本分之人。他肯定不会求人拜佛。他肯定不会汗流浃背地去拉赞助。他肯定不曾在京城长安开过什么个人作品讨论会，让各方面的名流，如一群大胡子的帕瓦罗蒂，面对太阳，赞歌高唱。于是，即使他的枝头上开着鲜艳的花朵，却寥落而孤寂。

这是我们司空见惯了的一种悲剧，因为这种悲剧今天也有。

你可以归结为是他的性格使然。问题是，唐代是文学的天堂，是诗的时代，优秀诗人很多，为了使好诗能够传播开去，也出了一些好的选家，但是这时候，那些选家哪里去了？是为高力士的生日捧场去了？还是拿了杨贵妃送来的梨园戏票，看戏去了？反正，他们对不起诗人张若虚。今存唐人选唐诗十种，竟没有一种选了他的作品！

虽为盛唐，这点却无法恭维。

但还没有完。由于他们的失职，接下来便是一幕长长的悲剧，其剧丝竹啼血，漫漫漫漫。除了宋人郭茂倩编选的《乐府诗集》选了《春江花月夜》，在从唐至元的近千年间，竟再也看不到张若虚的名字和作品了。他的作品成了混沌之物，在历史长河里如一块泥沙中的石头，让人唏嘘。

但毕竟是中华大地，扭转乾坤有来人。至明，出了一杰出诗人李攀龙，他主盟文坛二十余年，大概如我们这几十年里所深为敬仰的周扬同志吧，他编选了一本《古今诗删》。此君真是不同凡响，他绝对有别于常人，他编选的不是诗选而是诗删。就是说，面对浩如烟海的古今诗歌，他首先着眼的不是选，而是删，是淘汰。而正是在删和淘汰的过程中，他又伸出双手翻拣山河，竟把埋没了近千年的张若虚和他的《春江花月夜》打捞出来了，一手的污泥；但张若虚和《春江花月夜》是一派澄澈空明。人们惊呼：张若虚孤篇横绝！人们惊呼：《春江花月夜》压倒全唐！从此以后的明、清、民国，以至于当今，张若虚及其诗作，都成了我们中华民族的文化瑰宝，郑重捧之于文学金殿，顶礼膜拜，咀嚼品味，并且上了中学课本，无人再敢将其拿掉。

张若虚确实伟大，李攀龙也确实伟大。张若虚若屠格涅夫，李攀龙若别林斯基。李攀龙甚至比别林斯基更加别林斯基，更加伟大，因为他是从月亮般遥远的地方为我们寻找本属于我们的文学珍奇，并为恪守本分的老实诗人伸张了正义。

一个好选家，可以涅槃优秀的作品，可以照亮优秀的作家，可以用自己的辛勤劳动，还原一个时代的真实文学格局。

虽然隔了好几百年，虽然我们目前要做的事情多而沉重，但我们还是应该拿出一点时间来，掸尘举手，向李攀龙致以民族的敬礼。

老杜，我们为你送行

你要走的时候，你不知道，大家也都不知道。但是，也许由于你是一个为世界增添了瑰丽色彩的人物，世界便让你和大家，都有些异常的行动了。

作协经费困难，连你去年治病的住院费也无力付清，可是若冰突然提议，为你开个会。胡采赞成，大家都赞成。什么会呢？作品讨论会？创作五十周年纪念会？好久好久定不下名称。都是挥洒自如的作家，怎么忽然才力都枯竭了呢？现在终于明白，那是世界精心安排的。世界指使着大家这么行动，又不忍让大家想透。其实要开的是一个告别会。

会期未定。一种意见认为，现在条件不成熟，明年开更好些。我一向是比较谨慎的，但这回，不知怎么坐不住，未经研究，斗胆自作主张了。我找你商量具体事宜。你很高兴。你和文彬一齐坐到我的身边，逐一开列出席会议人员的名单。你像回忆自己的整个生平，深沉、激越、坦荡。你想到了好多人：北京的，上海的，部队的，铁道的……甚至，一些偏远地方的小青年，你也想到了。你唯恐怠慢了任何一个研究过你的作品、与你有一些感情联系的人。谈到会议日期，你出人意料地性急，你说：立即开。老杜！你不是糊涂了吗？没有准备的时间怎么行呢？现在终于明白，说话的其实是世界，世界在暗示：一位使我们这块古大陆引以自豪的杰出作家要走的日子，不远了，临近了。行期，行期将至！

我贸然的举动，说也怪，居然在会上得到比较顺利地通过和认可。会议的开幕日期定在十月三十一日。汪炎与上了一把年纪的田奇跑前跑后，通知很快发了出去。而不久，你的病情加重，又要住院了。本来，你应该摆脱一切，一心一意地去治病；至于会议，定了也可改一下，往后推推，待你出院后再说。可是你却向送你住院的根成郑重嘱咐：会议照常开。躺在床上，你念念不忘那个日子，像有人催着，一字一句，口授完成了你的发言稿。那是一篇什么样的发言稿啊！深刻，锐敏；寄厚望于文坛；对朋友、对后辈，充满了难割难舍的感情。那是一篇烫人灼人永远催人奋进的不朽的告别诗篇啊！

也就在那时候，你的在大洋彼岸的心爱的儿子豆豆，也被一种看不清、想不透的巨大力量驱使着，急切地想一头扑在你的怀里了。而也有美国公司同样被什么驱使着，慷慨成全他，愿意让他随公司考察团同赴中国公干，自个连路费都不用出。

会议在加紧筹备。豆豆在日夜兼程。可是，刚到十月二十七日，代表们还没来，豆豆还在飞机上，老杜，你却悄悄地合上了眼睛！这世界是怎么了？它煞费苦心地驱动着人们、调遣着人们，却为什么给人们制造了如此深重的遗憾!？痛定思痛，其实这才是不难理解的；老杜啊，世界深爱着你，希望人们都来为你送行，而又不愿意让人们看到你病病歪歪的样子。而现在正是这样，不光你的作品，不光你的人格，连你最后一刻留在人们心中的外表形象，也是完美的。

十月三十一日。我们为你送行。会议是隆重的。从全国各地赶来的教授、评论家、文学青年，一个个汇聚一堂，宣读很有分量的论文。因为会议不是二十七日才开始筹备的；远在一个多月前就着手筹办了。这是一个有着实实在在的内容的送行会。试问天下一切人，谁走的时候，得到过准备如此充分的送行?

中午，与会代表，作协机关的全体同志，包括看门房的老刘，像农村操办红白喜事一样，一起聚餐。大厅充溢着一派我们民族古老的传统气氛。对此天造地设而不是人们预想出的场面，老杜，你一定是特别喜欢的!

本是送行，横幅上却写的是“杜鹏程同志作品研讨会”。这也一定符合你的心意。你是一个孜孜不倦、为人民熬尽了最后一滴心血的作家，到了另一个世界，也是闲不住的，也会重新提起笔来。而况，你一直那么谦虚，在这分别的时候，你还想最后一次听听大家对你的作品的批评意见。

没有悲悲切切。扩音器播放的是贝多芬的《英雄交响曲》。文彬最理解你，她说只有这昂扬悲壮的乐曲，才符合你的性格。我们想也是如此，你一生胆气刚烈，以笔叱咤风云。老杜，喝了这杯壮行酒吧，像保卫延安时那样，红旗迎风飘，刺刀如水流，我们为你送行！

你的手脚虽然不便，但是，老杜，我们是放心的。因为我们知道，在那远远的地方，彭总已经知道了，他已下令备马，他将亲自接你。如果说你的晚年过得相当凄清的话，那么，到了那边，你将十分愉快。老杜，喝了这杯酒吧！

安安心

最近在一个很偶然的机会，在文学圈子之外，听到英年早逝的著名作家邹志安的一个小故事。

故事虽小，却感人至深。

故事说的是志安刚刚步入社会时的事情。那时候，他虽然已二十多岁了，但实在说，他还很稚嫩，还有些孩子气。他和他的同学育林都在礼泉县文化馆工作，育林还总喜欢称呼他的乳名，把他叫作安安。

安安的家住在西王禹村，离城四十多里。那儿，住着他的一家，住着他的母亲，是他的根。根是人们一生都无法扯断的东西，何况，那时候他刚刚抽枝生叶，加上他的异禀，他的心更是时时刻刻绕于根上。

安安知道母亲爱喝醪糟，就每逢星期六回家的时候，带回一罐。

一天，又是一个星期六了。安安买了一罐醪糟，与育林一起骑了破旧的自行车，向家中奔去（育林的家离安安的家不远）。

谁知再有二、三里就到家了，糟了，系罐罐的绳子断了，罐罐掉下去打碎了。醪糟，自然没了。

怎么办呢？

安安的脸色煞白。

育林劝慰他说：

“打了算了，下星期再买吧。”

安安却说：

“不行！我妈盼了一个星期了，我怎能叫她失望！”

育林说：

“那，那怎么办呢？”

安安手一挥，很老练地说：

“你走吧。我骑回去，另买！”

他说着便打转车头跑了。

育林看看四野，暮色苍茫，天马上要黑实了。他不放心安安，急了，便追上去喊：

“等等，我陪你去！”

安安望着育林真诚的眼睛，感动得不知如何是好。好半天，他只说出一句话来：

“好兄弟！我日后谢你！”

于是，两个毛头小伙子又转身回城，在满街灯火中，喜滋滋地买了罐罐，又买了醪糟。然后，安安小心翼翼地用报纸包了罐罐，又在罐罐上系了一根非常结实的绳子，把罐罐挂在车子上。

育林问：

“保险了？”

安安伸手摇了摇罐罐，欣喜地说：

“这下可万无一失了。”

育林说：

“婶婶喝了今天这醪糟，不知会多高兴呢。”

安安眼珠一转：

“呃！可不敢给我妈说咱跑了二回！要是叫她知道了，她就喝不下去了！”

接下来，他们又一起蹬起破旧的自行车，迎着夜风，披着星光，急急地飞奔在回家的路上。

这天，安安和他的从小耍大的好同学好朋友育林，一共跑了多少路呢？往少里说吧，四十加四十再加四十，总共是一百二十里啊！

哎，这淳朴、执着而又令人心里发疼的安安的心哪！

哎，安安心！安安心！

哎，宝石一样光彩夺目的安安的心哪安安的心！

现在，安安在文坛上喷射出他的辉煌光焰之后，已经长眠于地下了。曾被安安接到西安的他的白发苍苍的老母，这个可怜的老人，也已经又回到她的故乡西王禹村了。那么，那一罐一罐的醪糟呢？它是不是还会被安安经常地提到他的母亲的膝下？但那个故事已经太陈旧了，就让它默默地重复去吧。我们知道，后来的安安，心里装的不仅仅是母亲了。文学事业在他的心中，占着与母亲同样重要同样神圣的地位。他死的时候只有四十五岁。他在死前不久曾说："我虽已经写了不少小说，长中短都有，但还没有叫我满意的东西。我献给高天厚土、祖国和人民的东西，还太少太差啊！——志安，志安，志在安逸，实在是永远不安啊！"他手头还有许多真正伟大的巨著要写。他是怀着满腔遗憾，离开这个世界的。因此我想，从他那颗不惜跑上一百二十里路为母亲重买醪糟的安安心看，他就是走得再远再远，哪怕是远去一亿两千万里，但是对于他毕生为之奋斗的文学事业，他是依然会做出感人肺腑惊人心魄的事情的。

那么人们，当我们忽然想起要读安安的书的时候，当我们忽然想起安安的音容笑貌的时候，当我们忽然以深深怀念的情感谈论着安安的时候，你应该能以心惊愕地看到，那是安安的魂灵回来了。

那是跳荡着安安心的魂灵。

那是文学的殉道者邹志安的魂灵。

他就在我们的身边，文坛之上。

关中的风，刮起来吧

恍惚间，佩芝踏青去了。

不！人说，佩芝去世了！

震惊悲痛之中，我发去了这样一个唁函：

佩芝的过早逝世，使中国散文界轰然塌下一角。天南地北都会有人能够感到震动的烈度。我和他们都为失去一个极善良极敏感的才女而痛苦地掩泣。佩芝的执着追求精神和她的如海华章，将给我们和我们的后人以久远的滋养。

但即使如此，在参加追悼会的时候，我仍然不能相信她的去世竟是真的。一个经常出现在报刊上的非常活跃非常亲切的名字，怎么会突然间被填写在吊唁大厅的黑色横幅上了？

哀哉人！真是堕地而后，刻刻皆死期也！

我恨那黑色横幅！它简直是阎王爷的收魂布！它对我们陕西文学界太残忍了！它收走了老的，收走了小的，一个接一个地往进收，而且收的时候竟是那么随意，那么嚣狂，竟连前后的字句都懒得再写一遍！我们为什么无力将它早日撕个粉碎?!

泪眼模糊之中，我默想着佩芝，默想着这个可亲可敬的女散文家。

热爱祖国山河的人，莫过于佩芝。十数年间，她不辞劳苦，脚迹踏遍了除西藏、台港澳之外的我国所有省区。我曾两次和她一块去山东的海边，一次由李瑛、周明领队，一次由我领队。我们一起捡贝壳，拾海带，一起跳腾在浪花里边，我心中至今还闪动着她的兴奋的样子，忘情的样子。

艺术感觉敏锐的人，莫过于佩芝。凡她脚迹所至，都留下了飘逸俊美的文字。乘坐火车本来是十分枯燥的事情，她竟然也能写出情趣盎然的文章来。我曾同佩芝一道办过大型文学期刊《文学家》，那时候我们朝夕相处，我的散文处女作《转九曲》，就是因为吸取了她的一些点子，才增色不少。我因此和别人谈论的时候，常常由衷赞美她的那份才情。

脱俗达观的人，莫过于佩芝。她病了，我去看她。那儿已经有许多看她的人。一张纸不能戳透，大家都说她害的是小病，很快会好的。她一点儿也没有一般危重病人愁眉苦脸的样子。我们告辞走出病房门口，回望时，佩芝笑着专对我说："我活不长了。"这句话刺痛了我的心，我不能不第二天又去看她，她却依然谈笑如昨。但我懊悔我一直没勇气将纸捅破，好让即将要离开这个世界的佩芝，向我倾诉倾诉衷肠！

执着追求的人，莫过于佩芝。明知自己得了不治之症，还笔耕不辍。她蘸着自己最后的鲜红血液，写下了使人荡气回肠的散文《体验生命》和《守望灵魂》。她在弥留之际，心中缠绕的不是亲情，而是事业。她最想见见《美文》的副主编宋丛敏同志。但当宋丛敏同志手捧鲜花到病床前来看她的时候，她却昏厥过去了。我们常常在电视中看到，一个从事其他什么工作的人，有了佩芝这样的举动，人们早已把他称为英雄了。那么我们该如何评断佩芝的举动呢？难道它不是使山河为之一壮么？

坦诚善良的人，莫过于佩芝。毋庸讳言，佩芝也有她的缺点，比如有了委屈而写文章的时候，常常锋芒毕露，不怎么考虑效果，因而引得同单位的一些人很是不悦。但这恰恰又连带着她的长处，她能与人坦诚相见，从不设防，更无害人之心。她不是那种见了名利就钻就抢的令人生厌的无聊之辈。她在文坛上的地位，完全是靠自己的辛勤努力奋斗出来的。她与同行总是互敬互勉，携手向前。她是死了也能长远地给人留下想头的人。

对于我的唁函，在我们陕西，很可能有人会不以为然。这是不难理解的，因为时空的距离都太近了。在艺术领域，一个只知埋头耕耘的人，常常是墙里开花墙外红，今朝开花明朝红。我相信我的观点是绝对正确的。我相信佩芝这个五十岁的女性生命，是足够辉煌的。假若佩芝是一个体育运动员，又假若她临终前是在奥运会上，那么，我敢说，她早已像王义夫一样紧揪着全中国人的心了！而世界对当前的寂寞文坛，也毕竟不是全然有眼无珠的。这几天我已接到北京的信，天津的信，上海的信，都倾注出由衷的哀悼之情。至于佩芝作品的价值，尽管由于她的生活阅历比较简单，其中有的受了一些影响，但从整体上看，应该是属于二十世纪末叶我们民族的上乘水准的。佩芝的丈夫在追悼会上说，他后半生的工作，将是整理和研究佩芝的作品。他是一个好丈夫。他的决定再一次让人感到了文学的神圣。

佩芝应该可以安心地去了。我默想，她那么酷爱大自然，她真的又是踏青去了。她有一篇散文名作叫作《踏青的风日》，她在那文章中说：刮风了，“树枝哗哗地摇。电线呜呜地响。”“可我觉得，这是最使我快活的风呢！”那么，关中的风，刮起来吧！请迎佩芝踏青！

渐走渐远的佩芝呵，你的感觉如何呢？我看到，长安路上的一棵棵美丽的道树，它们的叶片翻飞着，传来了你的心儿的惬意地震响：“车轮疾疾。风儿啸啸。我拼命蹬着车子，体验到一种自由奔放的热情。……而风，像跳迪斯科似的，拍打着你的心胸，让你强烈地意识到，你还年轻，你还强健，你热爱生活，你充满了生命的原动力……”能不能找见你呢？我们能不能常常相见呢？我说：能！无须寻呼，只要哪里出散文选本，我们都会像过去的十余年间一样，绝不缺席地在那散发着油墨芳香的山野间，一次又一次地喜悦重逢，并且道一声你好，你好，你好！

天碑为她而生

人生是条河吧，一离开源头就忙忙碌碌地奔跑而去，辛苦死了；人生是朵云吧，一成型就欢欢乐乐地悠然飘飞，自在死了；人生是棵树吧，一出土就拼命地往高生长，急切死了。但河，你浇灌过干渴的田野吗？但云，你发出过灿烂的霞光吗？但树，你结出过香甜的果实吗？

我想，这人的河，这人的云，这人的树，只要问心无愧地有过爱，有过善良的心，有过真诚地哭和笑，有过对这世界的付出和奉献，要是有一天忽然消失于无形，人们必会痛挽，必会落泪，必会十年百年地念想缕缕不绝。这样的人即使坟前不曾立碑，我发现，天地也会给他生出一块来的。

我的这幅画上所载的，就是这样的一通天造地设之碑。那薄薄的纸，小小的山，簇拥的草木，不知何能托起那么重的灵异分量？

神使鬼差一般，它是我二〇一六年年初画在宣纸上的。这当然也是真的。我不知道当时为什么要画，也似乎想不到怎么一画就能画成这个样子，简直像做梦一样；起码可以说不是刻意为之；我当时只是像一个头戴草帽的陕北老农，站在雨刚停歇的山头，笑看那潺潺的流水随着大地的脉动和动植物的呼吸，流淌渗化，渗化流淌，然后神话一般，一通巨碑便兀自里在荒山间宣纸上猛然矗立，带着泥土的气息和彩墨的芳香。未经怎么思忖，我即名之为《天碑》，挥笔写在上面。我的这一切行动，也许是冥冥中的什么早有预知，在支使着我在干的吧。到不久之前的这年年底，冷风横吹，乱叶飘零，一朵与我厮守了几十年的强健之花，忽然间无语凋谢……凋谢了……但凋谢，也凋谢得那么凄美和决绝，让人血管里都一下子结满了冰碴子。我终于明白，这碑，是天为她而生，是地为她而生。

一般的碑都是人们安放下的，而这碑，却和山石浑然一体，它就是山石上突起的一块山之奇石。碑上闪耀着日月之光。碑上浸满了我的和许多人的泪水。人们都为她哭泣。她单位的同事们和另外许多朋友，都在唁电中说出了痛惜的言辞；她对她的事业做出过重要贡献；她在我们最困难最无助的时候，帮助过我们，我们终生不忘；她是大家学习的楷模。

天碑高耸。天碑周围的草丛中，有蝴蝶在飞，有振翅的蝈蝈在歌唱，还有晶莹的露珠儿一滴一滴地落下，重新化开早已干涸了的彩墨，那彩墨在天天开出耀眼的花朵。甚或，每年到了秋风吹拂之际，也会有一伙小姑娘结伴来到这里摘酸枣，打打闹闹，兴致来了的时候，还会一起唱上几句好听死了的信天游，好听得令人心尖尖打战。我想，她将不会寂寞，她将会常常悄悄地笑呵呵地走进我的梦中，伸出她惯常的温存之手，轻轻地梳理小孙女的柔发，并教她一针一针地学织毛衣。

真金子， 真水晶

她清癯坚强的躯体，携带着黄土高原上的梨花和野艾的气息，携带着一个大时代的全部光荣悲怆和痛楚，走过了八十五年的璀璨生命历程，终于静静地躺下了。她躺在了她所挚爱的人民中间。

我说的是刚刚去世的不朽英灵刘力贞。

刘力贞的去世，使我想起了我六岁时发生的一件事情。

那是在故乡延安。人们忽然说，今天后晌，刘志丹的灵柩就要从瓦窑堡搬回延安了！刘志丹是谁？我不懂。但吃了中午饭，母亲就牵着我的手，直奔南关街上去了。而那儿早已站满了迎灵的群众。往日热闹非凡的南关街道，此刻是一片寂静肃穆的气氛。偶有不谙人事的麻雀叽喳几声。等了好久好久，载着刘志丹灵柩的马车终于从远远的地方走来了。当灵车从我们面前走过的时候，我仰头看见，母亲用手揩着她的眼泪。

此后的一连好多天，延安的大街小巷，山山洼洼，到处都泡在悲戚之中。感觉里，就像一大片煤炭似的乌云落到宝塔山的上头了，一刹那浑不见一丝天日。那种大悲壮和大哀恸，简直是我稚嫩的心灵所无法承受的。听说，那些天延安举行了万人公祭大会，但我无缘亲见。但一首哀悼刘志丹的歌曲却在会后流传出来了。我长大后听说那是一首早先从陕北民间采集到的送葬唢呐曲子；它深藏于苍茫高原，不知多少年了。而现在一拿出来，居然那么合时合拍，催人泪下。它里面攒足的人世的浓重悲情，好像是专为一个大星的陨落而准备下的。后来，此曲便成为我国的经典哀乐，为一辈辈的英烈壮怀送行。从这里，我们足可以从一个侧面看出刘志丹在中国革命中的分量了。

不久，我在幼稚班的课堂上学到了一篇课文：

东征死了好老刘，
人人哭得不抬头。
细面长来白馍软，
端起碗想起刘志丹。
眼泪顺着饭碗流，
世世代代想老刘。

这课文在我们的语文课本中，是唯一篇最哀伤最沉重的文字了。每次读起来，都让我们一颗颗孩子的心，好像秧苗似的发出拔节的震颤和疼痛。它因此深深地铭刻在我的记忆之中，几十年一直不曾忘怀。而更不曾忘怀的是，在我上了延安保小的时候，曾经听一个家在瓦窑堡的同学对我说，一九三六年，刘志丹甫一牺牲，在瓦窑堡临时落葬，四里八乡的老百姓，都自动自发地络绎不绝地前来奔丧，都携了香表纸张和贡品，而其中有些人的香表纸张，居然是用牲口驮来的，一驮一驮地往下卸，一驮一驮地点着了烧。火光烟云中，哭声震撼四野。不少人直哭得瘫倒在地上。听了这种情景，使我的心灵大为震撼。我一次一次地想：巡睃上下五千年，翻开二十四史，可有几人能在老百姓心中掀起如此巨大的情感波澜？

我还一次次地思索，为什么会如此？答案是，不是因为别的，而是因为刘志丹以他三十三个春秋的短暂生涯，出生入死地一心为老百姓的福祉而奋斗，其风其范，真可谓惊天地泣鬼神。他从来没想过为自己或家里捞些什么好处。不独这样，他还恨不得能从自己身上挖一块肉用以喂养革命。在有一年的农忙时节，正当家里需要强劳力之际，他为了赤卫队的扩充和发展，竟然悄悄地把自己家里雇用的长工领上跑了。他带领着庄户人打土豪，分田地，使无数穷人过上了响门亮窗的好光景。可是在他壮烈牺牲之后，他的主要遗物却只是随身穿的妻子给他缝下的一件蓝大衣，和大衣口袋里的几份文件和几支纸烟！

后来我听母亲和其他亲人们讲，我的父亲刘作新在那风云激荡的年月，也早早参加了革命，担任着延安地下党支部书记，虽然他在我一岁时他就不幸死去了，但他在活着的时候，曾被刘志丹派人接到永宁山，有幸在刘志丹身边工作过三年多时间。正因如此，在我过满月的时候，志丹伯伯的夫人同桂荣同妈妈，还专程前来我家深情道贺，并且给我送了一双她亲手做下的老虎鞋。

一九八三年，我为此写了一篇以《老虎鞋》为题的散文，发表在光明日报上。但我在那篇散文里其实还应写上一个孩子，她就是当年拖在同妈妈手里的她的宝贝女儿六七岁的小真娃，即日后的陕西省人大副主任刘力真。我因此在内心里对力贞有了一层非常亲近的感情。我因此暗暗地关注着力贞的一举一动。那年，延安举行延安保小的校庆活动，我因故未去，但我在电视上看见了力贞在安塞街上忘情地扭秧歌的镜头。我看见那一刻，她活泼的就像又回到了少年时代了，我何其高兴！

我和母亲在一次谈论同妈妈的时候，母亲一字一板地对我说："东西是新的好，人是旧的好。"母亲之所以生出这样的哲思，我知道，那是因为即使在极"左"的年月里，在母亲遭受到不公待遇的时候，同妈妈仍然不改与母亲当年的一片深长情意，她每回来延安看望志丹伯伯的妹妹的时候，都要顺便到我家看看母亲。这使母亲深为感动。

我这个人极不擅于与人交往，我尽管对力贞一家怀着敬爱亲近的感情，多年来，我却几乎没有勇气专程去登门拜望拜望。直到前二〇一一年夏天吧，我的儿子陪我和老伴回到西安，我心想我和力贞都是年逾古稀的老人了，再不向她表表心迹也许就没多少机会了，那样便会留下终生的遗憾，因而我终于领着老伴和儿子，扣响了力贞的门铃。力贞和他的老伴张光热情地接待了我们，搬出了珍藏多日的陕北米酒，同时又忙着做鱼。我们在志丹伯伯和同妈妈的遗像的慈祥目光下，聊了好久好久。

告辞出来，在出租车上，我的儿子发出一声长长的浩叹：

“唉！这些老干部真够凄惶了！”我说：“为什么？”儿子道：“刘阿姨不但是刘志丹的孤女，又担任过省人大副主任，而张伯伯呢，又曾是陕西日报总编辑，他们却怎么住着那么个黑黢黢的房子！”儿子在风光无限的北京工作多年，我完全理解他的惊诧。而我呢，由于儿子的感慨，便不由回头透过车窗看了一眼力贞住的那座楼房，同时联想起这些年全国各地像雨后春笋般矗起的广厦千万，便暗自想，比较起来，力贞和张光他们，住得不是太寒酸了吗？接下来，我们议论起力贞张光老两口的两个儿女的极为平凡的工作，我们不免又唏嘘了一番。我们说，凭着力贞和张光和身份和地位，凭着他们过硬而广泛的人脉，他们只要向北京或上海稍使点力气，他们的两个孩子，何愁谋不到一个什么董事长或者什么高官当当，可是他们偏偏不！而且，连力贞曾担任过的那个省人大副主任职位，她曾经连想都不曾想过，而是由群众联名推举从而高票当选的！

我们走了一路，谈了一路，思绪万千。我想：崇高，伟大，献身，公而忘私和一尘不染等等这些久违了的美德，今天，我们终于在这儿看见了！重温了！那时候尽管我们已离开刘宅老远老远了，目力已遥不可及了，但我还是忍不住再次返回头去看看。但这一看，我竟像看见了浩茫壮阔的陕北黄土高原了！啊，那是一片长着糜谷飞着百灵子雀雀地方。那是一片腾跃过老虎的地方。那是一片晨晨昏昏总是燃烧着夺目霞光的地方。我想，打那儿走进历史舞台的人们，从伟大的英雄刘志丹，再到同妈妈领着走出来的刘力贞张光夫妇，他们谁不是一块成色绝好的真金子？

他们谁不是一块透明无瑕的真水晶？他们一个个真是这世界上的稀有元素啊！

而现在，当我哀痛地听到一九四三年的那支哀乐再次响起的时候，力贞，请让我以咱们的乡音喊一声吧喊一声：苦命而不辱使命的大姐啊，你将是永生的！你将在春风吹拂的棵棵树木上发芽，你将在酷热夏天的河水中溢出缕缕清凉，你将在高亢悠扬的信天游中，成为一个最灿烂的音符，年年月月，伴着这片山河上的代一代的好儿女们，健康快乐地成长，成长。

安塞腰鼓

一群茂腾腾的后生。

他们的身后是一片高粱地。他们朴实得就像那片高粱。

咝溜溜的南风吹动了高粱叶子，也吹动了他们的衣衫。

他们的神情沉稳而安静。紧贴在他们身体一侧的腰鼓，呆呆地，似乎从来不曾响过。

但是：

看！——

一捶起来就发狠了，忘情了，没命了！百十个斜背响声的后生，如百十块被强震不断击起的石头，狂舞在你的面前。骤雨一样，是急促的鼓点；旋风一样，是飞扬的流苏；乱蛙一样，是蹦跳的脚步，火花一样，是闪烁的瞳仁；斗虎一样，是强健的风姿。黄土高原上，爆出一场多么壮阔、多么豪放、多么火烈的舞蹈哇——安塞腰鼓！

这腰鼓，使冰冷的空气立即变得燥热了，使恬静的阳光立即变得飞溅了，使困倦的世界立即变得亢奋了。

使人想起：落日照大旗，马鸣风萧萧！

使人想起：千里的雷声万里的闪！

使人想起：晦暗了又明晰、明晰了又晦暗、尔后最终永远明晰了的大彻大悟！

容不得束缚，容不得羁绊，容不得闭塞。是挣脱了、冲破了、撞开了的那么一股劲！

好一个安塞腰鼓！

百十个腰鼓发出的沉重响声，碰撞在四野长着酸枣树的山崖上，山崖蓦然变成牛皮鼓面了，只听见隆隆，隆隆，隆隆。

百十个腰鼓发出的沉重响声，碰撞在遗落了一切冗杂的观众的心上，观众的心也蓦然变成牛皮鼓面了，也是隆隆，隆隆，隆隆。

隆隆隆隆的豪壮的抒情，隆隆隆隆的严峻的思索，隆隆隆隆的犁尖翻起的杂着草根的土壤，隆隆隆隆的阵痛的发生和排解……

好一个安塞腰鼓！

后生们的胳膊，腿，全身，有力地搏击着，疾速地搏击着，大起大落地搏击着。它震撼着你，烧灼着你，威逼着你。它使你从来没有如此鲜明地感受到生命的存在、活跃和强盛。它使你惊异于那农民衣着包裹着的躯体，那消化着红豆角角老南瓜的躯体，居然可以释放出那么奇伟磅礴的能量！

黄土高原啊，你生养了这些元气淋漓的后生；也只有你，才能承受如此惊心动魄的搏击！

多水的江南是易碎的玻璃，在那儿，打不得这样的腰鼓。

除了黄土高原，哪里再有这么厚、这么厚的土层啊！好一个黄土高原！好一个安塞腰鼓！

每一个舞姿都充满了力量。每一个舞姿都呼呼作响。每一个舞姿都是光和影的匆匆变幻。每一个舞姿都使人战栗在浓烈的艺术享受中，使人叹为观止。

好一个痛快了山河、蓬勃了想象力的安塞腰鼓！

愈捶愈烈！形体成了沉重而又纷飞的思绪！

愈捶愈烈！思绪中不存任何隐秘！

愈捶愈烈！痛苦和欢乐，生活和梦幻，摆脱和追求，都在这舞姿和鼓点中，交织！旋转！凝聚！奔突！辐射！翻飞！升华！人，成了茫茫一片；声，成了茫茫一片……

当它戛然而止的时候，世界出奇地寂静，以致使人感到对她十分陌生了。

简直像来到另一个星球。

耳畔是一声渺远的鸡啼。

生于那片土地

入暮，不知谁人将一轮明月从李白诗中取了出来，嗡的一声，我们的大河小河，每尺流水，甚至草叶上、蛙眼中，以及布满高楼大厦和动车的窗玻璃上的，便都是一轮一轮的明月了。就在这清朗的月光中，我这双浑浊的眼睛不由得望向陕北高原层层叠叠的记忆深处。

我望见的是，三皇五帝以至于唐宋元明清的各色大幕落下之后，公元一九三五年十月的一天，随着又一道幕布的徐徐升起，一支满身征尘的队伍，走到了这里——我们这云缠雾绕庞伟星球上最为贫瘠苦焦的一隅，瀑布似的一阵啸响后，战士们终于放下背包刀枪和行军锅，坐了下来。骨头架子都快要散了，身下是土，是草，是汗渍、泪渍和牛羊蹄蹄的印痕。原本就在这里的另一支强健队伍奔过来，热情地拥抱着他们。

高高的天空，蓝得那么神奇，那么抒情。蔚蓝天幕下的这片茫茫大地，荒草丛中，乱石缝里，阴沟背洼，庄稼地畔，这儿那儿，一朵一朵的山丹丹花儿，红得隔沟都能看见。走村串户的货郎到了穷乡僻壤，拨浪鼓一摇，婆姨女子们都围上来，手里拿着早已准备好的鸡蛋，换取缝衣针。谁家的汉子从山上的庄稼地里回来了，吆着牛，扛着犁杖，已经是那么热的天了，他还穿着几十年间补了又补烂得不能再烂的棉袄。婆姨赶紧生火做饭，灶膛里毕毕剥剥燃烧的是野生牡丹花的枝条，烟囱里飘出的是阵阵野生牡丹的奇香妙味。一只刚出生的小驴驹，望望四周，欢乐地蹦蹦跳跳。不远处的天上，一支民歌《蓝花花》正在忘情飞扬。歌曲中那“青线线”和“蓝线线”以及勾人魂魄、妙不可言的“蓝格英英的彩”，伴随着黄土高原上碾盘般大的如血落日，让这儿成了充满情与爱的浪漫渊薮。这，就是日后驰名世界的延安。

过了两年，一个呼吸着的嫩肉疙瘩呱呱落地，那就是我。它注定了我的孩提时代是和一个伟大潮流紧紧联系在一起的。那时，我的小耳朵多么幸运，它们一竖起，钻进来的就是响彻山河的歌唱声和军号声。我的小脚多么幸福，我过满月的时候，刘志丹伯伯的夫人同桂荣妈妈来到我家道贺，并给我这双小脚穿上了一双她亲手缝制的老虎鞋。我此生脚步咚咚地走南闯北，渐渐明白了那双老虎鞋上所寄托的厚望，从中汲取了无尽的力量。

我长到五六岁，已经能从公家人的吃食上穿戴上感受到边区的极度困难。而就在这种情况下，延安鲁艺以蓬勃的革命热情，创作出了后来对中国人民的解放事业作出了巨大贡献的经典歌剧《白毛女》。该剧初次在边区参议会大礼堂上演，由于财力困窘，无力购置全部戏装，特别是黄世仁一家的穿戴，于是，只得在演出前的两三个小时去老乡家借用。而我，曾经牵着演职人员的手，领着他们到我们南洼村的山上，这家门里进，那家门里出。我因此得到了一连好几天的戏票，天天去看，成了他们的小小“粉丝”。

上了学，老师教我们写大字。我的字写不好，老是写下了又描来描去。老师笑着说，字是黑狗，越描越丑，便把着我的小手写了起来。我的小手沾满了墨汁，把老师白净的手也染得乌黑乌黑。我们不会写作文，常常无话可说，老半天也挤不出一句，有时候写倒是写出不少，却多是套话，用得最多的是“为人民服务”，比如，“爸爸为人民服务去了”，“哥哥当的是为人民服务的警卫员”。老师让我们以“我的志愿”为题写一篇作文，要是现在的孩子，肯定是有的想当科学家，有的想开飞机，有的想当影星，可那时候的我们，百分之七八十都说长大了要去为人民服务。你可以讥笑我们的少年时代，讥笑我们内心缺乏缤纷的色彩，但那蹩脚的作文，却正好反映了我们在那片土地的悉心哺育下，心地是何等的崇高而纯净！

我曾为欢呼解放战争的节节胜利，一次又一次地和同学们点起火把，上街扭着秧歌庆祝，常常闹到大半夜才返校，要走二十多里的路程。那时毕竟年龄太小，走着走着就睡着了，但人睡着了腿却醒着，脚步照样随着队列前行，好像跳着醉舞，醉着舞着前行。这恐怕是古今少有的奇事了，但它确实发生在我的身上，发生在一个劳苦大众翻身求解放的大时代里。是党，引领着这个大时代！

紧接着，我们的许多亲戚都以胜利者的豪迈姿态走进西安，走进北京，走进上海，从事着紧张而又繁忙的恢复经济的工作。而某些不怎么争气的乡亲希图通过身负要职的亲戚给他们寻个好差事，或者提供一些方便，让他们在大城市的生意场上大展一回身手。尽管他们受到了热情的接待，吃饭、看戏、逛公园，但原来的打算却无一例外地都落空了。他们悻悻地回到陕北，一路骂骂咧咧。他们的骂声，正是从一个侧面反映出那个时代的无比壮丽。

革命道路不会总是平平坦坦的。之后的多年里，风霜雨雪，我们的事业遭逢了种种曲折，我们的民族浑身上下伤痕累累。一个寒冷的日子，许多北京知青被送到了这里。起初，他们中一些年龄小的，还没有毛驴驴高，做饭时连火都不知道怎么点，湿湿的柴烟把他们的双眼都熏红了。他们在苦难中啃着半生不熟的苞谷面窝窝头，也汲取着这片土地上积淀多年的伟大精神和品质，他们中的许多人后来长成了不凡的大树。

当时，我所在的延安文工团陆续吸纳了许多北京知青，他们身上既有首都先进文明的因子，又有陕北农村淳朴大气的精气神儿。他们的来到，无疑把我们团的一湖水搅得浪花飞溅，排出了许多叫得响的好节目。后来，他们回到了北京，我们结下的深厚友谊却丝毫未减。就在前些日子，我们在京城聚了一次。那场面美好而感人，四十年了，此刻终于感受到彼此的手温，看到彼此的泪花了。虽然都老了，但我们却像从前一样，眼睛里闪现着青春的光芒。这些年，大家都在各自的岗位上为祖国作出了不少贡献，但说来说去，还是忘不了延安。

其中的一些朋友今年回了趟陕北，感慨陕北的变化之大，比如那绿水青山间的高铁，那飞上山巅的新城，以及随着沿黄高速路的延伸而次第展开的锦绣画卷，我听了不由得心潮澎湃。我离开陕北好些年了，现在腿脚有疾，行动不便，但我一直有个按捺不住的愿望，计划最迟在明年的某一天回到延安，用我的双脚再踩一踩那片生我养我的土地，那片古老而又崭新的土地，让它端正我的腰身，强健我的灵魂。延安，那是领袖们曾经战斗过的地方，是使我们永远心明眼亮的地方。它是我们的精神家园，永远的精神家园！

稀世星空

出榆林城，向北，愈走愈荒凉。当知道眼前就是老人们所说的北草地的时候，砰然一声，我原先的浪漫想象便被击碎。击碎的自然还有唇畔的《敕勒歌》，《敕勒歌》已成了一堆不成音调的乱句。天倒是苍苍，野倒是茫茫，牛羊也是见出了的，但牛羊之见，却不是因为风吹草低。没有草，或者说虽然有草，却少得可怜。

作为千古绝唱的《敕勒歌》——不，敕勒哥——原本是极神奇的，他没从仓颉的账户中支取任何一个“绿”字，却在一吟之间暴发为绿色的富豪。他尽管衣着朴素，可是他丰厚的家底，人们都可以想到。但眼前的他却破落了，沦为苍白的乞丐。他受雇于人，在草木稀少的旷野，栖栖惶惶，牧着牛羊。问起他的故乡北草地当年的丰采，他长叹一声，说：你去县志中找吧！

伴着敕勒哥的身影，是一片无垠的沙漠。沙漠中偶尔也有农田和村子，但农田奇小，村子奇大。这就苦了村长了。据说一个村长通知村民开会，他说他已经跑了两天了，还有几户没有跑到！但他无怨无气，只是憨厚地笑笑。憨厚地笑笑又去跑，一脚深一脚浅，深深浅浅留下了一串寂寞的沙窝。

高大的树木虽然也有，但其实主要的还是仅仅高大到可以不被称作草的植物，那就是沙柳了。而沙柳长处，十有八九便有了人家。人家掩映在沙柳丛中，沙柳成了人家的生存依靠。院墙是沙柳扎的，粮囤是沙柳扎的，茅房是沙柳扎的，羊圈牛圈鸡窝猪窝也是沙柳扎的。农舍随着社会的进步，以瓦房居多，不过瓦房的前身却是摇曳着昏暗灯光的柳笆庵。现在仍然残留着一些柳笆庵。柳笆庵离不开沙柳。沙柳扎成把，两端固入一米多厚的土墙，中间向上弯成一张弓，密密地排成拱顶，下边便炖羊肉，便喝砖茶，便生儿育女，便哭哭笑笑，便展开着一个家庭的故事。故事的最动情之处，是搬进了先人们不曾住过的瓦房。

晚上我宿在一个叫作点连素的地方。地名奇极，令人联想起许多药名，如链霉素、青霉素、维生素。那么，此身就在药中浸泡了，似乎也闻到了药的味道，不，乡亲们双手端上来的，却是酒，酒的气息直扑肺腑。虽无下酒的好菜，酒曲却飞荡起来，动听的酒曲胜过了美味佳肴。红火热闹了好几个小时，人们方散。

这里所见所闻所历，件件新异，此地荒凉是荒凉，贫穷是贫穷，却自有它的独特的美质。我思绪万千，难以入眠，于是出去走向旷野。

这一出去却如梦幻，不知身在何方；这一出去却如重生，不知情之所依；这一出去却如摇身一变变为宇航员，飞船隆隆，不知看见了些什么。

终于发现，使我迷惘的，使我晕眩的，使我震惊的，是头上的星空。星空出奇地透明，出奇地灿烂，透明得什么都没有，灿烂得什么都发光了。它的透明和灿烂，荡人心魂，如一首神奇的歌。当然不是《敕勒歌》，不是敕勒哥。敕勒哥的姿容从来没有它这么华贵富丽。

不由人想起了曹操。曹操写下的不朽名句“星汉灿烂”，已经助我不少。曹操是有着杰出的才华的。那么，就把曹操从东临的碣石上请来吧，请他西临西临，临于点连素，临于点连素的这个沙丘之上。请他再一次引吭高歌吧，请他放声大唱！只让他将《观沧海》颠倒其意就行。仰望星空的曹操，将会声震大漠：“水何澹澹，若出其中。洪波涌起，若出其里。”这也许缺了点韵律美，却符合映入视野的博大气势。

据说：天上一颗星，地上一个人。星和人是相对应而存在的，星有多少人就有多少。但举目观望地上的人，由于目力所限，常常只能看到微乎其微的一小部分；即使目力无限，一眼望遍了整个天下，也会因为山的阻，墙的隔，房舍和车辆的包容，也无法看到全部。而此刻站在北草地仰望天上的星，目力所及，密密麻麻千千万万一个不漏地全都展现在我的头顶了。一共有多少？星人对应，全球已有五十五亿人口，那么，它应该是五十五亿了。仿佛全球各国各民族各肤色的人，包括被山阻的，被墙隔的，被房舍和车辆包容的，甚至包括呻吟在医院的病人，紧锁在监狱的囚犯，一齐走了出来，走入星空。每个人都没了阴暗面。每个人都是一颗璀璨的星座。五十五亿人，五十五亿颗星座。

清澈的银河，静静地流淌，流淌着无数碎银无数银的分子。牛郎织女何在？尽管光点攒动人头攒动，无须众里寻他千百度，一眼便可认出容光清晰的郎容女貌。北斗的勺子干干净净，可以照出人影，仿佛刚刚洗过拭过。而飘在勺子近旁的一缕白云，一定是洗拭所用的轻纱了吧?！这儿那儿，还有些爱动的星星，它们在走，在行，在无声地前进。那是星星之国的新移民，是人造卫星。它们虽属人造，却没有沾染人间的尘埃，也是那么亮丽那么清爽。也有向往人间的星星，挣断因疼爱而拴它的长练，疾跳而下，依稀听见远处的地平线上有些轻微的响动。

久久地望呵，望呵，我不想再离去了。我成了一尊铁铸的观天仪，任风吹，任寒袭，任鸡将啼鸣，我久立不动。其实我望星星，星星也在望我。在我心目中，此时此刻的星，已不是星；此时此刻的我，已不是我。我融化了，融化在瑰丽奇美的星空之中。

这星空给我的巨大美感，久久地萦绕于心头。我觉得人生竟是这般美好，这般令人爱恋。我似乎更理解了那挣断闪光长练的流星，也更像那流星似的快活了。

然而当我回到都市的时候，望望星空，心情就变了。那叫什么星空呵？既没几颗星星，也近乎无空可言。浓烟废气飘浮着，升腾着，笼罩着。世人把人间称为“红尘”，我以往对这个词并不怎么注意，现在却顿悟出它的全部内涵了。

愈是这样，我愈怀念北草地的星空了，因而以带病的身子，伏案两日，为它写下了这一篇长长的颂辞。长长的颂辞如长长的流水，漂着我的心帆。心帆心帆欲何往？年年北上，年年北上！更愿结伴众多心帆，帆帆相映，同在那稀世星空之下，同在那滚滚红尘之上，展示出人生的全部价值和全部美丽……

这边风景

山，梁，峁，层层叠叠，千千万万，都是浑圆的形状，都是褐黄的颜色，都是一片空旷和静穆。但当春风吹绿第一条柳丝，抬头望去，山上，梁上，峁上，便都有了人类的影影绰绰的活动。阿拉伯数字的“1”是人，汉字的“一”是牛，“1”和“一”紧紧连接，成为∟形符号，相扶相持，旋下一圈一圈的美丽的纹饰，愈旋愈高，直旋上蓝天。山如此，梁如此，峁如此，千山万梁亿峁都如此，千山万梁亿峁都成了具有古风古意的朴拙的工艺品了。这时候，“1”被蓝天衬着，“一”也被蓝天衬着，像写在蓝天上的神秘的算式，让人遐想。算什么呢？是算“天上宫阙，今夕是何年”？但犁铧不回答，它只神秘地破着云彩。

陕北高原这样的情景，随着时序的更迭周而复始，与日月星争辉，与我们伟大民族的文明史等长，已经存在了五千年了。但翻开古典文学的书页，却没有一篇曾经给予描写。其原因恐怕主要是由于作家们很少涉足这里。范仲淹倒是来过，但他忙着指挥打仗；杜甫倒是也来过，但他是为了躲避安史之乱，以至于只能枕着一双随手脱下来的烂鞋，在路边睡个午觉，哪有心思去观察去欣赏呢？至于作家们为什么很少来，那原因是不言自明的：这儿太荒凉了，太贫瘠了。漫说古时候了，即使是现在，它的荒凉与贫瘠，也吓退了一批又一批的来人。

那陡斜成四十五度的山坡，要是平原上的人们来了，站都站不住。暴雨一下，土壤和肥料都被冲走了，每片土地都成了失血过多的病人。看起来田亩很多，但不打粮食；丰年还好说，遇上歉年，只能种八升打半斗。尽管如此，对于曾经养育了无数祖先和现在还养育着自己的这些山疙瘩，庄户人都倾注了无限的深情。“地种三年比娘亲。”他们说。他们欣喜地看见，就在黄漠漠的山洼里，就在不远的地方，像一团燃烧的火焰，站着几只嘎嘎欢叫的雄野鸡。哦，那羽毛，那尾翎，大红中又缀着绿，缀着蓝，缀着黑，缀着白，缀着一切挑逗人们情绪的鲜艳色彩，灿烂得让人惊心。能生出如此美丽精灵的土地，难道是可以厌弃的吗？

牛在走，犁在行，人扶着犁，紧紧地操劳在后面。不断翻起来的像波浪一样的黄土是疏松的，绵软的，柔细的，人的赤脚片子踩在上面，像轻微的电流通在身上，有一种妙不可言的感觉。比炕头上舒服多了。炕头上铺着什么？一张席，或者再加一条毡。席和毡都是硬邦邦的。好多人以为赤脚走在海滨的沙滩上是惬意的，殊不知，赤脚踩在虚虚的黄土里，却要比那舒坦上千倍万倍。何况，海滨沙滩并不是每个城里人都可以去领略的。想起城市，就想起那坚硬的路面，就想起那被尼龙袜子和皮鞋包裹着的脚，人和大自然几乎疏远得不知对方的存在。而现在，人和大自然之间，人和土地之间，是那么亲近。其间没有水泥，没有柏油，没有鞋袜，什么也不隔，只有黄土与赤脚片子紧紧地贴着，黄土的情和人的心紧紧贴着，使人真正感受到了生命的美好。这样，山野间便一直有着自得的声音了。这个山上喊：“噢——回来！”那道梁上喊：“噢——回来！”峁上也在喊：“噢——回来！”这叫魂似的声声牛歌，是喊牛转弯，也似在召唤着什么，响遍千山万岭。究竟召唤什么呢？是真纯的人性？是朴洁的自然？谁也说不清。反正他们这样喊着。反正他们喜欢这样喊。反正他们喊起来很好听，并且使这苍茫的高原更加雄浑壮阔。那是地气和心气相通的声音啊。那是地气麻酥酥地通过脚掌，进入人体，与心气相化合，然后从喉咙里发出来的嘹亮声音啊。也许由于这声音的震响，一股磅礴大气便在天空回荡着，天空便孕育着风雨雷电了。

陕北的春天虽然还相当寒冷，但他们耕着耕着，棉袄脱了，只穿个单衫和老棉裤。晶莹的汗珠如宝石，装饰着他们的黑红脸膛。肚子饿了的时候，他们会条件反射似的望望炊烟缭绕的地方，那儿有柴垛，有窑洞，那儿是他们的家，家里有长得挺水灵的婆姨。哈！那一年成亲，几班子吹手响吹细打，可热闹了，一道沟都像过年。可是花轿抬到门前，新媳妇嫌他丑，不下轿，急得娘老子团团转。还是亲戚们精灵，也不去劝说新媳妇，而是向着他一拥而上，劈头盖脸乱打，打得新媳妇心软了，一扑走下轿来。新媳妇如花似玉，又这么善良，又有这么一副好心肠，真使他恨不得供上神龛。也是先结婚后恋爱吧，年长日久，新媳妇变成了地道的婆姨，婆姨看他人品好，劳动好，也就不嫌弃他，并且和他好得如胶似漆，现在，即使他要离婚，婆姨还不哩。婆姨把他看成一座最稳实的靠山，不论什么时候，只要一想起他，就有一种安全感。他望望他的家，心想：婆姨今天做的是什么饭？是剁荞面？还是洋芋擦擦？唉！她也许忙得连娃娃也顾不上管，娃娃又爬到猪食槽里去了，弄得满身满脸都是糠糊糊。那个挨砍刀的老母猪，可不敢拱了娃娃！不会不会。精明能干的婆姨，一定马上就发现了，发现了就捞起棍子打，老母猪一定吓得哼哼乱窜。

太阳正端的时候，黑油油的小饭罐儿像镜子一样反光，一明一灭，婆姨们提着它，兴许还背着娃娃，送饭来了。庄户人没有什么好吃喝。他们一年的吃喝钱，也许不够那些富豪的一餐花销。处于大陆腹地的黄土高原，他们有的人不但没吃过鱼虾，甚至连大米都没有吃过。他们能吃什么呢？只要能进肚子就行。说来也奇，一切食物到了他们的肚子里，哪怕是又少又缺乏营养的食物，都会转化成巨大的能量。长途跋涉，走得又累又饿几乎要爬倒在地上的时候，吃一颗炒黑豆，他们又能赶十里路程。一颗黑豆到了他们的肚子里，就变成一克重水了，而他们的肠胃是核反应堆，它释放出来的惊人的能量，足以使山河为之一颤。

他们也知道自己的生活过得苦焦，可是，他们知天乐命，从无怨尤。他们出门三步就唱歌，缸里无米还要笑。他们从来没有城里人那么多烦恼。他们世世代代总结出来的人生哲理是；“穷欢乐，富忧愁，受苦人不唱怕个球!”看来他们总结的是对的，我们看到的整个世界正是如此。那灯红酒绿的摩天大楼上，几乎每天都有黑影一闪而下，使喧嚣的街市上血迹斑斑；而他们，在这穷乡僻壤里，像那酸枣树一样，却活得愈来愈旺。粗粝的饭菜尽管可以导致他们普遍的胃病，却磨损不了他们的钢铁一样的精神。他们最能忍耐，一副肩膀，给八十斤挑了，给一百二十斤也挑了；如果再给三十斤，他们只皱皱眉头，最后还是挑了。他们自身清苦，有时候只能吃糠咽菜，却给社会提供了源源不断的谷物肉类。他们也无所畏惧，谁也不怕，所以也活得自在。“他谁能把咱的镢头把子夺去?”他们说。他们不像城里人，特别是身居高位者，一有风吹草动，就惶惶然如鹿如兔。他们是自由天国的雄狮，从不知道世界上还有什么可怕的事情。其原因何在?那是因为他们耕种的山巅，其实只是社会的谷底，置身于此的人们，怎么会担心有摔下去的危险呢?

饭罐被他们呼噜空了。呼噜空了的饭罐，还端在粗大的手中，还要伸出舌头舔净罐口沾着的米汁和米粒。然后打着饱嗝，满意地望望婆姨；又忽然想起牛，说牛出力了，可不能亏待了它，要加足草料。后来又抱起娃娃，用胡子巴扎的嘴巴，亲他的小脸蛋。亲着怀里的小的，还念叨着家里的大的。也许还有一个正在上学。他们就是为这些娃娃辛劳一生的。待婆姨们走后，他们把静卧的耕牛吆喝起来，又耕地了。他们一辈辈从黄土中走来，生儿育女，红火热闹几十年，最后又会步履蹒跚地走入黄土。俗话说：“人吃地一生，地吃人一口。”那是很残酷的。但是他们知道，当自己被土地的牙齿咀嚼的时候，还有子孙在，他们的生命已经转移到子孙身上了，因而是无须悲观的事情。而人生的最高境界．就是在那个时候，孝子们跪下一大摊。

火红的晚霞中，依然听见牛歌此起彼伏，依然看见他们吆着耕牛，成∟形符号，成古老的象形文字，在旋，在旋，旋出一圈一圈美丽的纹饰。被美丽纹饰装扮着的，是山，是梁，是峁，而山、梁、峁又装扮着扶犁的庄户人，他们是社会的最坚固、最耐久的根基。他们驾着牛犋旋着，旋着，时代便螺旋式地上升，上升向理想的极点。应该让晚霞泼红他们！应该让不论是哪个层次的人，看到贫瘠山疙瘩上的挥汗躬耕的他们，都感到灿烂得惊心！应该让整个人类都知道，由于他们的存在和他们的劳作，我们这颗星球上的一切地方，其中包括不毛之地，包括沙漠，包括无人区，都是包孕着无尽的希望的！

奇崛的一群

陕北北部的榆林地区，位于毛乌素大沙漠的南缘，北为风沙滩地，南为峁梁丘陵沟壑。古时繁衍生息在这儿的人们，除了汉族外，还有匈奴、鲜卑、羯、氐、羌等少数民族，曾经军民参半，厮杀不息。地里种着谷子、糜子、洋芋，圈里养着毛驴和羊群。市镇的街上，既可以看见风度翩翩的少男少女，也可以看见身着西装的中年汉子，红裤带从衣襟下露了一堆，骑着摩托车飞驰而过。多种文化在这儿交汇，农与牧在这儿交错，传统与现代文明在这儿交揉，身临其境，很有些历史的苍凉感。

由于诸种因素，这片地方便有了令人为之惊异的奇处：土地瘠薄，却人口密集；文化落后，却盛产民歌；光景贫苦，却爱好卫生；讨吃要饭，却说笑连天；人们的吃喝极差，却男壮女美；出外当了干部或工人．虽然来自穷乡僻壤，却并不畏畏缩缩，反而很有些强悍。这是人们已经知道或感觉到了的。还有些什么未被注意的呢?

幽默感。幽默感便是其中之一。从延安去榆林，一上汽车，便会感到扑面的幽默气氛。这是在别处很少能遇到的。司机是榆林地区的人，助手是榆林地区的人，旅客大多也是榆林地区的人，他们一路尽说一些十分幽默的话语，逗得人人发笑，使汽车载着三四吨的笑声飞奔。路上有人招手，车停下来，上来的是个老实巴交的小伙子，手里提着一个帆布包，沉甸甸的。助手便问："提的炸药?"答："不是。""雷管?""也不是。""啊呀!"助手便瞪圆了眼睛，"你怎么连雷管也不拿?"人们已笑成一片，助手却还要添趣："你们平安到了榆林，叫我怎么向市长交代?"好像他们的市长是专门以灾难取乐的。但如果人们要说市长的不是，他又要竭力维护了。问他为什么，他便会做出神秘的姿态，悄声告诉大家："说了你们可得保密。市长呀，市长是我妹他二爸。"二爸是二叔。看着他套得那么近乎，好像他真是市长的手足兄弟了，人们自然又以笑声回报。

在榆林地区的绥德城待上几天，那幽默，那风趣，更是满城盎然。好像满城的生意人都长满了诙谐的细胞。一个卖肉的老汉，胖乎乎的，穿个背心，戴个白帽，把扁担竖栽在短墙边，扁担钩上吊了半扇子猪肉，他以生动的顺口溜招徕顾客："我的猪肉肥，我的猪肉香，吃了教你更漂亮!"过来一个俊俏女子，嫌太肥，不买。他又道："你要瘦的也有瘦，吃了教你更风流!"女子还是不买，他便冲口说出新的词句："如今的年轻人真奇怪，肥的瘦的都不买，你妈妈见你空手回，劈头给你两锅盖!"他的周围总是笑声不断。与其说他是卖肉，不如说他是做幽默的艺术演出。卖多少是次要的，只要赢得了人们的笑声，他就高兴。而迈步向前走走，又会遇到一个更风趣的人。那是一个卖泥娃娃的中年人。他嘴里噙个烟袋，双手端了一簸箕泥娃娃，一边走还一边摇头晃脑；放簸箕的时候，被谁碰了一下，许多泥娃娃掉下去了，烂成一堆。这时候，他伤心吗？他懊丧吗？伤心懊丧是有一点的，但只在眉头和嘴角一闪，便不见了，即换上了一副乐天知命和笑容。而且，他还像局外人一样，像打烂泥娃娃、做了赔本生意的不是他自己而是别人一样，便乐哈哈地说道："啊呀！这人马还没上阵，就给老爷先牺牲下了！"人们笑说："老二！这下屙下了！你那厉害婆姨非拧你的耳朵不可！"他道："拧叫拧吧，我这耳朵正痒痒哩。"人们给他送了个外号，把他叫"老洋人"。

像这号"老洋人"，无论在这一地区的米脂还是吴堡等县，比比皆是。有一个有趣的故事，因为年代较远了，已经说不清它的主人公是这儿哪个县的人了，留待查考。这个主人公，于六十年代，相跟了几个同伴，一道来到西安。他想撒尿了，可是走了好几道街，硬是找不见厕所。他们又到处寻找，仍然大失所望。他憋得实在受不了了。面前是一家商店的侧墙。"真是活人还叫尿憋死了，尿！"同伴怂恿他。"对，活人不能叫尿憋死！"他边解裤带边说，"咱们的古人确实伟大，专门给我准备下这句好话，为我解决现实难题。"但是，他刚要尿，身边来了一个人，干涉道："你干啥？"他答："啥也不干。""不准随地小便！""我又没尿。你看，地上干干的。""还嘴硬？城里的规矩你知道不知道？"那人的眼睛盯着他解开的裤子。他却轻松地说："规矩再多，我把我自己的东西掏出来看看，还不能了？"那人本来气呼呼的，经他这么一说，扑哧一声笑了，笑得说不出话来，用手指指他，遂了却了这件事情。那人刚走，他的怀前便有了一条痛快淋漓的白亮的曲线。

榆林是地区首府，荟萃了各方能人，也荟萃了风趣和幽默。连警察都惹得人忍俊不禁。警察站在十字路口的交通指挥台上，满脸胡茬，眼睛明亮有神。他指挥车辆的动作干净利落。离他不远的地方，一男一女，两辆自行车相撞，都跌倒了。于是互相吵了起来。警察一眼看出，完全是男方的责任，他便走到男的面前，说道："你夜黑地大概酒喝多了。"男的说："喝了也散了。"警察又道："我夜黑地也喝了几盅，如今还晕晕乎乎的。"莫看他就像耍笑，可是处理这一问题. 却十分认真。他看女方的自行车被撞坏了，让男的给赔偿十五块钱。男的只想赔十块钱，警察说："你想讨价还价，我也想做生意哩，我家里还有两瓶西凤酒，等我下了班，你来找我，咱再搞捣——好商量。"认真中有诙谐，诙谐中有认真，没有一句声色俱厉的话，却软中含硬，笑中含铁，问题得到了圆满解决。这男的也许见惯了这样的警察，不觉得怎样；如果他是个外地人，见警察这样处理他的过错，他一定会感到是一次精神享受，说不定除了给女方如数赔偿外，还要请警察一道去看一场电影呢。

在榆林的街上走，吵架的事情还看到一两件，但不多。好些如果在其他地方出现也许是要闹出人命的事情，但在榆林，由于人们的幽默性格，往往大事化小，小事化了，一笑了之。比如说，一个人把另一个的脚踩了。踩的人还来不及道歉，被踩的却抢先说："对不起！我把你的脚垫了。"好一个垫字！他陪着一脸笑容，仿佛吃亏的真是别人。而他一拐一拐地转过弯弯之后，才说："哎呀，把他爷爷可踩疼啦！"他是笑着对他的同伴说的。

这种幽默感，是渗透在骨头里的，正味的幽默像旭日撒下的万道金光，流淌在榆林地区的大地上。

而对幽默趣事，这儿又有许多宣扬的能手。他们是一批更加幽默的人物。趣事经他们添油加醋地宣扬一番，变得更加有趣，更富于艺术的魅力。他们以此为最大的快乐。他们以逗得众人发笑为最大的快乐。他们以众人的最大的快乐为最最最大的快乐。他们常常是在家里待不住的，他们耐不住孤独和寂寞；如果遇到一件最新趣事，他们就在家里更待不住了，不管婆姨已经把饭做好了，不管孩子哭闹着要叫他抱一抱，不管院里的老母猪把柴垛拱塌了，棉袄一披，就跑了。他们也真有那份出众的引人捧腹的才华。只要见识见识他们的那张传神生花的嘴巴，谁都会在心中暗暗佩服。但是，这样的人，最好让他们单个活动；要是两三个碰到一起，那可麻烦了，非急死一个不可。你能说，他更能说，一个想压倒一个，结果，谁也说不出一句囫囵话来，都急得脸上青筋端冒，嘴里唾沫星子乱溅；如果是坐在炕上，你看吧，两双手或三双手都急得直拍席子，只见手上手下，手跳手舞，手颤手抖，手闪手晃，手模糊成团团灰影。而满窑里只响着一个声音：啪啪！啪啪啪啪啪啪啪！他们急什么呢？急的是由于自己插不上嘴，榆林地区这块广袤的土地，笑声还不多，幽默还不足。而其实，他们的这种表现，又给榆林地区增添了更多的喜剧气氛。榆林地区沙子上落着幽默，树梢上挑着幽默，想来，从榆林地区刮过的一阵一阵的老黄风，里头有沙子，有树叶，但是，更多的当是幽默。

透过幽默，我们看见什么呢？我们看见了性格的自在，精神的舒展，心灵的洒脱。他们虽然贫穷点，但是他们积极乐观，活得痛快。他们真有点超尘脱俗的仙味。他们不像别的地方的人们，活得那么拘谨，那么累，有那么多的烦恼。这恐怕要归功于严酷的自然环境和多种文化的交汇。前者磨炼了他们，后者优化了他们。他们是我们这个伟大民族中奇崛的一群，而他们的奇崛，他们的闪烁异彩的幽默感，正是我们的民族相对薄弱的方面，所以弥足珍贵。我们不断丰富着的民族精神的新的轮廓线，应由榆林地区的人们和一切富于幽默感的男女同胞们，涂上重重的一笔。

黄河魂

打动着大地感情的黄河啊。

古老的巨石般的传说，在它的河心浮沉、翻滚。

它崭新的大浪般的故事飞溅到岸上，岸上立即是一片密匝匝的激动的坑子。

黄河，载着这些传说和故事，在秦晋高原的崇山峻岭中，飞泻，旋流，跌宕。它以一刻也不肯安分的进取的波涛，宣泄着力量和气概。它以辉煌得近似梦幻的粗重线条，画一河虎威，画一河龙啸，画一河卡车和摩托车的狂放，浩浩荡荡浩浩荡荡地汹涌而去！

盘旋于黄河上空的鹰，也像黄河一般威猛而凶悍。它的心灵蓄满了野性。它一翅扇下去可以扇断牛腰。此刻，它吱荦荦锐叫一声，俯冲而下，向着滚滚洪波中的一个发现。

但它没有成功。一片血肉都没有猎到。飞离的时候，簸箕样的翅膀扇着懊恼，铁钳般的利爪格格作响。它还要回来。

猎物机警地避开了它。

他没有死，他还有着呼吸，尽管那呼吸是微弱的，疲惫不堪的。

惊涛拍岸拍云拍天，拍出一缕闪光而苦涩的记忆……

两年前，在一个凄清的烂摊子上，像崛起一座金塔，挺立起一个血气方刚的后生。

“厂长厂长，领着大伙儿改革，你有这个胆量么?”人们问。

他笑而不语。

但有人替他做了回答：

“他吗，胆上早就抹了老虎油啦!”

一点儿不假。改革的霹雳闪电震荡了工厂的每一个角落。连子弟学校的孩子们也都感到了他已上任。一堆又一堆生了锈又在其间长出杂草的问题，被和着叹息声熔炼后又淬了火，变成了锃亮而有序的奋发转动的力量。与左近陕北山川丰收的庄稼相辉映，年产值翻了一番。厂子从此摘了亏损的帽子。

多么轻松！仿佛随口哼了几句信天游!

不啊！人们说，年轻厂长为此而洒下的心血汗水，如果用它和洋灰拌浆，都可以盖一座楼了!

现实从来都是严峻的。他的上台和他的改革措施，不知触动了这古老土地上的哪根神经，忌恨，责难，诬陷，像乱石一样，摸不清头脑地一齐向他砸来。

“一个人干事，五个人告状，上级又派来十个人调查。唉!”好心的老师傅摇摇头。

虽然如此，他却乐观而坚定，不曾退却。他的心头鼓荡着一种崇高的使命感。

但到后来。他也真够困难、真够狼狈的。他像步入大林莽。面前是数不清的带刺的横枝斜丫，脚下是纵横交错的绊腿的葛蔓藤萝，举步维艰。

啊啊生活：你美丽得教人发疯、艰辛得使人想哭的生活啊！

如果不是这样，他摇着的小船是不会翻沉的。

如果不是这样，他即使是掉入黄河，也会很快搏击出去的。

然而，他现在只能随着黄河的浪涛无力地漂流了。他实在太累太累了，似乎正需要躺在这黄汤泥水制成的被褥上，安息安息。任浪涛把他举起来又摔下去。任洪水呛着他的呼吸道和食管。他好像看见过一只鹰曾经飞来企图啄食他的血肉，又好像什么都未曾看见，只是做了一场噩梦。

然而，那鹰却真真切切地再次俯冲下来。看得见巨大的翅膀。看得见肋下的白羽和喙上的锐钩。而这些都只是倏忽一闪，随之出现的是一个强大的冲击波，只见身边的黄水被冲击得倒流而去，激起一个水柱。

他一阵晕眩。他又抖擞了精神。他，拼搏在浪涛间，像一声激越的呼号！

接着感到火辣辣的痛，感到被撕扯起来。

如果日后还可以享受到生的欢乐，他的日记本上将是这样的记载：

像钢刀般扎入大腿的，是鹰的凌厉的爪子。

大腿像被机器的轮带卷进去了，这难以抗拒的拉力！

他，这救活过一个厂子的他，这老虎油在胆上蹭出响声冒出烈焰的他，这在此刻更懂得了生活的魅力和更渴望着战斗到底永不服输的他，翻身仰坐起来，噌，抓住了鹰的翅膀。

一边是鹰的眼睛，一边是人的眼睛。

两束寒光对峙着。

寒光相撞，发出了金属断裂的声音！

鹰气势汹汹。爪子搅得他的大腿血肉模糊，利喙啄伤了他的头脸和胸脯。

他反击而上，撕下鹰的一撮羽毛，上面带着一块温热的皮肉……

啊啊黄河！黄河！黄河！

一旋十米远的，是它的波澜；凌空如炮弹炸开的，是它的浪涛；隆隆震响着如山塌如崖断的，是它的吼声。

没有薄云般的哀愁。

没有应景的欢笑。

有的，全然是牵骨动髓淋漓尽致的大痛大乐！

岸边——

山闪过，崖闪过，岭上的树木闪过。它们都被这情景激动着：一个人和一只鹰撕拚在黄河上。黄河上滚荡着一个悲壮的有生命的浪涛！

结局啊，谁有幸看见了？

滚滚洪流中，驰来一个鸣响的亮点，像从遥远的《黄河大合唱》的高亢旋律中，滑出一个颤动的音符，飞飘而来。

快艇！那是赶来搭救年轻厂长的焦灼的快艇啊！

看见厂长时，只见他遍体鳞伤，两手攥着鹰的两只爪子；凭着民族的希冀和时代的意志，他的双臂暴起丘陵般的肌肉疙瘩，噌的一声，竟把那鹰撕成了血糊糊的两半……

在那一撕间，整个天空为之一亮！

凡看见那光亮的人，眼里都噙着奋进的泪花了！

啊，打动着大地感情的黄河啊！

古老的巨石般的传说，在它的河心浮沉、翻滚。

它崭新的大浪般的故事飞溅到岸上，岸上立即是一片密匝匝的激动的坑子……

米脂婆姨

我兴致勃勃地来找张茹儿，不巧得很，她下地去了。她家的院墙是用规整的青石片砌成的，墙头上站着几只鸡，那鸡白的雪白，红的艳红，背衬着蓝色的天空，就像是用白云和红霞剪出来的。院子打扫得干干净净，连柴火也垛得很整齐；而拱形的窑洞窗户，高大而敞亮，每一根窗棂上都流淌着颤悠悠的阳光。

从乱糟糟的地方走来，我恍若步入一方一尘不染的净土。

这院子的主人不愧是个米脂婆姨。陕北有句家喻户晓的赞语："米脂的婆姨绥德的汉，清涧的石板瓦窑堡的炭。"所谓婆姨，有时当妻子讲，有时当已婚女子讲，有时则泛指一切妇女。米脂婆姨的美，是出了名的。相传貂蝉就是米脂人。不过，我的来到，却不是为了欣赏谁的容貌；我是为采风而来的。听许多人说，三十出头的张茹儿，是个出色的信天游歌手。

正在院门外徘徊，忽见那边过来一个面容恬淡的老人。老人说：

"她家包的地远，不好给你往回叫，晌午才能见上。你要是愿意，跟我先看看苹果园去。”

我想，也好。

爬了几道山梁，才到苹果园。那苹果树一坡一坡的，都已挂上了青蛋蛋，总有好几千株吧！老人顺手捞了一把锄头，一边弯腰松土，一边给我数说着责任制带来的巨大变化。过了会儿，我恍惚间觉得，不知从哪儿吹来一股凉咝咝的山风，渐渐，那山风竟是清亮亮的歌声了。我惊喜地问老人：

“是张茹儿唱吗？”

“是倒是哩，”老人拄着锄头说，“可这歌儿是她大姐编的，唱的也是她大姐的事情。”

据老人讲，歌儿产生在解放战争时期，歌词中的“八路军”，实际指的是解放军，那时候乡亲们都这么叫。当时，茹儿的大姐刚刚十七岁，正像歌儿里唱的，一片真情，要跟心爱的人儿一起上前线去。后来，这歌儿就传开了，茹儿也跟着学会了。茹儿从小受了她大姐极深的影响，现在，比她大姐当年唱得还好。

老人还要说什么，我突然听见一片啾啾啾的叫声，几乎在同时就看见，不远的果树下，一只老山鸡领着一群欢叫觅食的山鸡娃儿。老山鸡羽毛淡雅，嘴巴是红的，脖子还有几道红圈儿，非常美丽。山鸡娃儿都是毛茸茸的土黄色，欢蹦乱叫，可爱极了。我知道那小生命现在还不会飞，心血来潮，想逮一只来。我蹑手蹑脚地溜了过去。看看就到跟前了，老山鸡扑棱一下飞起来，把我吓了一跳；再一看，山鸡娃儿一个也不见了。它们会藏到哪儿去呢？我正纳闷，耳畔传来一阵滴泉般清脆的声音：

“没跑远，都在你脚跟前呢！”

我转脸看看，眼前一亮，那是一个农家妇女，身材却近乎一个舞蹈演员。揩着汗，站在老人身旁。

我照她说的，低头看身前身后，眼睛仔细地搜索着。但除了杂草和土疙瘩，什么也没有。片刻，那婆姨轻盈地走上前来，嗖地弯下腰去，双手捧起一块土疙瘩，待我定睛看时。她手里的土疙瘩竟然扇起了小翅膀，变成了一只山鸡娃儿！周围的许多土疙瘩，一霎间也都有了动作和声音，它们惊慌而飞快地向远处跑去了。

我终于反应过来，那些小家伙实在会保护自己。它们刚才一定都躺在地上，缩成一团，眼睛紧闭，爪子不动，加上羽毛的保护色，一个个都扮成了惟妙惟肖的土圪瘩。它们多机灵哟！

那婆姨把逮到的那只山鸡娃儿递到我手中。这新鲜活泼的小生命，又扇起了花瓣一样的翅膀，真叫人看不够，爱不够。待了会儿，她道：

“听前山的人说你寻我，锄一撂，我就赶来啦！”

原来，她就是张茹儿。她水润润的脸，眼珠儿黑亮，嘴唇小巧，穿了一件花格子布衫，上面别了一支水笔。

我们一起向老人那里走去。我说：

“我来，想听你唱一唱。”

“我可唱得不好！”她笑着，斜眼瞟瞟老人，那眼睛里漾出一缕光波。

“人家老远的来了，”老人喘口气说，“你就好好价唱唱吧！”

当启程下山的时候，张茹儿要求我把山鸡娃儿放了。她说，老山鸡丢了它，会急得心锤锤儿都打战哩；拿回去，养又养不活，山上却要少了一个会唱歌儿的。我本来也是随便玩玩，就很痛快地满足了她的心愿。这时，她却歉意地笑笑：

“你看我这人！”

她发现我的肩膀上蹭了些土，伸出手来，帮我拍了拍。

看得出来，她的感情极细腻，极丰富。

山路弯弯，路旁青草不时碰撞着我们的脚。走到一处极陡峭的地方，我小心翼翼地蹲下来，手抓着两旁的草根，朝下溜；张茹儿却一点也不犯难，竟轻巧地走下去。她的身子柔美得就像一片波浪。

又往前走，鸟雀鸣唱声中，满坡是野花：红、黄、紫、蓝、绛……开得一嘟噜一串，到处溅着春光，把人看得眼花缭乱。张茹儿情思绵绵，一边漫步走着，一边唱起歌儿：

这一串紫来那一串红，
还有一串蓝格英英爱死人。
看不完的好花唱不完的曲儿，
摘上一朵拿手里。
上坡坡葫芦下坡坡瓜，
我引上同志回我家。
红艳艳辣子挂窑前，
如今的生活不熬煎。

长长的豆面软软的糕，
想吃什么由你挑！

多么美妙的歌声！我似乎看见，眼前的绿叶、花串，全都落上一层透明的音符，闪闪的，颤颤的，变得更加鲜嫩，更加艳丽了。我似乎感到，我的头发上也沾上了音符，衣袖上也沾上了音符，闪闪的，颤颤的，仿佛我的动作只要大一些，它们就会滑落下去似的。

我们又交谈起来。谈到诗人李季同志，张茹儿说，虽然没见过面，可她尊敬他，爱戴他。她能从头到尾地背得下《王贵与李香香》，她从这部作品中看到了自己长辈亲人的形象。她说，李季同志逝世的消息传来的时候，她心里很难过，还专门和她大姐一起，走到一座最高的山上，给他烧了几张纸。

到了她的整洁清爽的窑洞里，她一家五口人都已回来，饭已做好，我们一起吃了杂面“抿江儿”，之后，她丈夫等人，该干什么的又都走了。张茹儿给我端来一碗瓜子，让我嗑着，她自己唱起来。

信天游就像山涧的溪水，一股又一股，从她心坎里往外涌流。有的清秀婉转，有的诙谐风趣，有的如泣如诉，还有的，则如急水碰上石头，激溅起浪花，奔放高亢。这溪流的每一滴水珠儿，都带着浓郁的泥土芬芳。

张茹儿嗓音的绚丽光彩，简直把窑里的盆盆罐罐都照亮了。

她的嗓音，高音区明亮清脆，中音区圆润甜美，真假声应用巧妙自如。她的从胸腔共鸣突转头腔共鸣，她的膈膜弹跳技巧，也是让人惊异的。

正唱着，门里进来两个后生，其中一个穿红背心的指着他的同伴，笑着对张茹儿说：

“嫂子！他是后山的。请你给他剪一条裤子！”

我这才看见，他手里拿一块豆沙色的新布。

“要个啥式样？”张茹儿问。

后山的见问他，笑笑，望着红背心。红背心说：

“我做主，剪简裤！”

张茹儿本来想改天剪，可是后生们着急，她只得立即动手。红背心夸赞地告诉我，这一带剪裁衣裳的事情，几乎都叫他这个嫂子包了。他嫂子是有名的巧手手。张茹儿歌腔笑韵地骂了他两句，低头只是剪裁。

剪好，张茹儿唱起了《回水湾湾里种白菜》，那两个后生不肯离开，守在一旁静静地听着。唱完后，我问这歌儿是怎么产生的，歌中叙述的故事是不是真的。当张茹儿回答的时候，红背心故意戏谑打岔，老说他嫂子讲的不对。张茹儿急了，含笑把后生推了一把：

“快去！你婆姨等你碾米哩！”

“早着哩。”红背心故意把双臂抱起来，做出稳坐不走的架势。

后山的只是憨笑。

“还早？小心你婆姨拧你的耳朵！”张茹儿说。

“我这耳朵正痒痒哩。”红背心真有股赖劲儿。

张茹儿终于来了点硬的：“把你碎鬼倒没法子了！”她说着溜下炕沿，推红背心出门。

“哎呀！哎呀！”红背心退着，笑着，“你大概是怕我吃你那几颗瓜子吧？”

张茹儿转身端起瓜子碗，给两个后生每人抓了一把，笑道：

“滚！滚得远远的！”

后生们走后，张茹儿从从容容地给我说完，又唱起来。她好像装了满肚子的歌儿，永远唱不完似的，不论我让她唱哪一时期的，哪一类的，她都能随随便便地唱出好几首来。她的歌与陕北的革命风物、文化传统紧密地联系在一起，具有一种特殊的艺术魅力。

看她太累了，我让她歇口气。过了会儿，我忽然看见她家桌子上的半导体收音机，问她：

“你常听广播里的歌吗？”

“听！李谷一的，苏小明的，我都听！”

我感兴趣了：

“你觉得她们唱得怎样？”

“好！比我这乡疙瘩婆姨好多了！”接下去，她又唱开了：

李谷一姐姐你试听，

你好比花儿隔沟红。

苏小明妹妹你试听，

你好比春燕展翅翎。

好姐姐，好妹妹，

听我茹儿说分明：

你把信天游唱一唱，

我给你编歌扬名声。

我想起，在米脂，成百成千的婆姨都喜欢唱歌。这好像是传统，祖祖辈辈都是这样。米脂不但在革命战争时期，而且在现在，源源不断地给各地输送着女演员。我就问张茹儿：

“你们为啥那么爱唱呢?”

她捋了一把头发，黑眼珠儿一转，眼里散射出一种令人难以琢磨的喜气：

“头一样，光景好嘛!”

“第二样呢?”

“你猜!”

我怎么能猜得出呢？也好，她给我留下了余地，正好展开我的思考。

人类是我们这个星球上最美的花朵。在这花朵中，米脂婆姨，完全可以和其他地区、民族、国家的一些俊美男女一样，列入更其佼佼的一部分。米脂婆姨肢体出众，情操出众。在生活的明镜前，她们常常有意无意地照照自己，喜悦之情溢于胸间，于是，就发而为歌。她们在歌声中展现自己的美，肯定自己的美，发展自己的美，创造更加美好的生活。

也许，这是她们之所以爱唱的原因之一吧。

惜

石崖下的杂草滩里，四仰八叉地躺着一辆卡车，像躺着一头死了的牛：车灯碎了，像眼球儿被老鹰叼去了；车轮没了，像四条腿被狼豸撕扯去了；机器呢也荡然无存了，像畅肠肚肚也被掏食而去，只剩下一个可怜的骨头架子了。

它的身旁，杂草却蓬蓬勃勃地长着，有时候还开出一些小花。杂草和小花，常常顶着许多滚滚欲落的露珠儿，轻风吹来，它们像孩子一样戏闹着，甚至发出阵阵细微的动人心弦的嬉笑声。但越是这样，越显出了卡车的冷寂和悲凉。

但这卡车曾经是跑着的，有着燃烧的灵魂的，身上可以负载一座小山的，笛鸣一声，山也应，水也和，万物为之震动，天地间处处都有反响——几乎如此。即便在今天，它的存在依然能够唤起人们灿烂的记忆。可是，它终究倒下了，徒给这山沟增添了一堆废铁，只能供收工的农民磕磕灌满黄土的鞋子了。

村中一群精壮小伙子，一天来了兴致，掌心吐了口唾沫，哼唷哼唷阵阵吼，轰的一声，居然把它翻得站了起来。于是，有的坐驾驶台，有的跳进车厢，痛痛快快地热闹了一番。尔后的一些日子，有人趴上去睡觉，有人钻进去避雨；也还有这样的景象呢：老头儿如司机一般坐在驾驶台上，胳膊搁在车窗边，头脸伸到车窗外，和车下蹲在石头上的乡亲，海阔天空，拉个没完。老头儿俨然像车的司机，车呢，似还在执行任务，刚刚停在这里。

这给山野里增添了多少滋味！这使人心多么舒贴！

无风，无雨，好像世界从来就这么平静。

但是有一天，一个放羊娃忽然说起那个惊心动魄的日子，说起这辆卡车是怎样从石崖上翻滚下来的，人们立时一齐仰头张望雄鹰盘旋的地方，不禁唏嘘连声，冷风直抽脊梁骨。

雄鹰盘旋的地方，有一条很长很长的公路，路上曾织满了这卡车的轮纹，虽然轮纹大多已被岁月的手掌抹掉了，但下雨的天气碾在路边泥巴上的，干了后，却像刻在砖石上一样，现在看来，依然是那么清楚，那么美丽。

当年，在众多的流水一样的车辆中，唯有这辆卡车，才是这条公路的骄傲。它虽然载得那么多，却跑得最轻快、最惬意、最抒情了。它跑得像一股风，一束光。它使公路感到很舒服，感到是一种享受。它跑过的时候，总会吸引来许多司机的目光，而在那目光里面，迷迷离离地闪耀着一层五彩缤纷的妒意。

然而，这卡车是怎么落到今天这步田地的呢？

据权威人士鉴定：它的机件几乎百分之百是上好的，只是刹车不怎么合格，原以为不要紧的，可以跑上三年五载；可是，就因这刹车，它的行动失控了，酿成一场悲剧，酿成了历史的遗憾。

穿开裆裤的娃娃问："人身上有刹车吗?"做母亲的回答了，但人声嘈杂，大伙儿没有听清。

站在这卡车的旁边，人们看见，一直被山和树遮掩而无法显露身影的公路，到了远处的山坡，还是执拗地伸出脸来，惋惜地望着这儿……

铺了脂膏的厚土

油菜有的已经装上架子车，准备运走，有的正在收割，大片的麦田中便增加着和扩展着一条条巷道；而麦田本身，由于棵棵禾株穗大粒饱，不少地方倒伏下一片一片，而且都是旋着的模样，像大河中的漩涡，给人一种强劲的动感，力感。整个田野显得无比富饶，无比丰腴，有如勃动着一层厚厚的脂膏。

一种叫不上名字的小鸟，看见的只是一个小点，蓦然在空中一绕，蓦然又钻入麦丛。它的叫声像急促地咋舌，像急促地敲击着什么东西，像秦腔打击乐中的一种响声。当再次从麦丛中飞出的时候，腹下便仿佛沾着一些脂膏了，如刚从油茶中挑起的一只小勺儿，底下是一些滴滴答答的汁液。从甘肃开来的解放牌汽车，满载着身背草帽手持镰刀的麦客，一辆一辆地从这儿驶过，要开到关中的东部去。那儿麦子成熟得早，据说马上就要开镰了。但其中一辆恍若被大地上厚厚的脂膏粘住了，再也跑不动了。风尘仆仆的麦客们跳下车来，放肆地咒骂着，说今晚就他娘的在这儿过夜吧。但有的心儿，却早已被这脂膏腻得迷迷糊糊的，不想再向东去，说是就在这儿等几天吧；这儿，不愁使不尽咱的力气！

麦客们的脸，麦客们的身影，麦客们手中的镰刀，都辉煌得像一曲激荡人心令山河振奋的交响乐。那是因为夕阳在远远的西山照耀。

夕阳大而圆，它的光芒是贴着厚厚的脂膏平射过来的，也许由于黏糊糊的脂膏的阻绊，那光芒显得软散而无力。想来，夕阳应是成熟了的太阳，如成熟了的大地一样，它也要变成一团脂膏了。

可不是么，转眼间，挨上山脊的夕阳底部就果真酥软了，融化了，溶溶地动；而山脊也跟着酥软了，融化了，也溶溶地动。它们之间没有了界线，变成一片灿烂的稀释了的脂膏。又一个转眼间——这回真正是转眼间啦，恐怕只有一秒钟时间——那夕阳便一颤悠，忽地流下去了，滴下去了。山脊出奇的干净，宁静，不留一丝痕迹和声响。

但暮霭接着弥漫开了，先是迷迷离离的，继而渐渐浓重，浓重，最后也似乎凝作一天望不透边际的脂膏，把山河，把房舍，把人，通统包容进去了。

这时候，仿佛只要一个火星儿，就会使塞满了脂膏的整个天地燃烧起来。连意念都会燃烧得吱吱作响。歌声也会成为一撮灰烬。于是，一些小伙子果断地推开媳妇们绵润的手臂，连夜走到地边、场头，以皮影戏似的朴拙动作，涂下了许多“严禁烟火”的醒目标语……

临潼的光环

我想象着，眼前坐在餐桌边的这个小伙子，是梁生宝的儿子。柳青死得太早，来不及写他。他的白色的确良衫子包裹着的健壮体魄，辐射出像他父亲一样的朴实、倔强的英气。

但他不是只买了一碗五分钱的汤面，不是又喝了两碗不花钱的面汤。他吃的是大碗羊肉泡馍，还买了一桶“健力宝”，一瓶啤酒。啤酒不用说了，那“健力宝”电视广告经常鼓吹着它的须仰视才见的档次——第六届全国运动会专用饮料。他比他父亲气派多了。但有一样是相同的：都打着饱嗝，都吃得十分满足。离开饭店的时候，他的像他父亲一样的庄稼人的动作方式也是显而易见的：把没有喝完的半瓶啤酒，仔细地盖好盖子，小心翼翼地装进黑色的人造革挎包。

但历史不曾重复；这儿不是渭河上游的郭县，他也不是来买稻种的。

眼前，一辆一辆的轿车，大的，小的，黑的，蓝的，米黄的，银灰的，国产的，进口的，像闪电一般来往闪耀，动人心弦。车子停下来的时候，中国人走出来，外国人走出来，海外侨胞走出来；而多数是穿红戴绿五光十色使周遭景物一亮一亮的外国人和海外侨胞。

哦，物华天宝的临潼呀，威武壮观的兵马俑呀，数不尽看不够的稀世珍宝呀，你们，愉快了、感奋了、豪爽了多少中外游人！

转眼看时，梁生宝的儿子已加入出售民间工艺品的农民的行列里了。这些农民，以妇女居多，中青年以至少年都有，因而衣饰比较鲜艳。而更鲜艳的，是她们红润的脸蛋儿了。但她们的脸蛋儿，又比不上杆上挂的、手中晃的、琳琅满目的工艺品呢。工艺品花样真多，真是要云有云，要霞有霞。生宝的儿子卖的是五寸大小的秦俑复制品，青蛙枕，还有马夹。马夹是各种颜色的小布片拼缝起来的，以红为主，色调热烈，上边还绣着精细的花儿，有的还缀着五毒如蛇蝎蚰蜒之类的香包，别名又叫“百衲衣”“五毒背心”。还有人戏称它为“西安加克”。这物件，倍受外宾喜爱。常见一些外宾穿着它，与当今世界流行色流行款式的裤子配在一起，与旅游鞋配在一起，美滋滋的，招摇过市。

不协调吗？正是这不协调，才使这世界变得有滋有味，美丽无比。

梁生宝儿子出售的工艺品，有他母亲缝绣的吗？他母亲是徐改霞吗？不得而知。

当外宾走来时，他们，这些卖工艺品的人们——庄稼人的女士们，小姐们，先生们，顿时活跃起来，炫耀着各色工艺品，敞开平日吆牛赶猪的嗓子，“哈罗哈罗”的英语声不绝于耳，一如蜜蜂的嗡嗡，溪水的叮咚。

而太阳好像有意为此投来光环，让这“哈罗哈罗”的声音，闪着光，溢着彩，如落英缤纷，幻化出乐曲一般的韵律，荡漾在没有杂音的晴空。

沐浴着韵律美的游人，一时惊讶得不能自己，呼喊起来：

“啊！陕西的农民会说英语啊！”

说陕西农民会说英语，未免有点儿夸大其词，与实际不符；但这里的农民，确实学会了一些英语单词，可以和外宾交流一些简单的思想，适应了出售工艺品的需要。当然，由于没有进过专业学校，大部分农民说的还是相当蹩脚的。有的掌握单词不够，说的时候，只得土洋结合，英汉夹杂，因而使这里常常充溢着一些幽默气氛。

请听——

“哈罗！你盯（‘盯’字被发作‘斤’音）what a frog 枕头（这青蛙枕多好），燎扎了！”

“Is this made by yourself?（这是你自己做的吗？）”

“No（不是）。是娃他妈，我婆娘……Oh，mywife（噢，我夫人）！”

“How much is it（多少钱一个）？”

“It's cheap enough（便宜着哩），老哥！Fiveyuan（五块钱）！不到一只老母鸡的价钱！”

“All right，take it（来一个吧）。”

"OK。"

这农民身上的不协调，又如穿着五毒背心的外宾一样，给生活增了光彩，给人生添了美质，使人感到新鲜感到有趣。世界，一刹那变得多么富于魅力！

也有些令人着急的场面。外宾说几句，农民也说几句，都以为对方懂了，而双方都没有懂，末了，都恍然大悟，脸上都绽开内涵十分丰富的笑容……

我想，研究喜剧美学的人们，如果有空儿，真应该到这儿来看看。

生活中遇到一些忧烦的人们，也应该来这儿看看。这儿有打开你紧锁着的眉头的钥匙。如前所述，大多数农民的英语水平是极其有限的。不过，对那个梁生宝的儿子，却须刮目相看。他妹妹正上高中，英语又学得好，他就下功夫跟着妹妹学。他还读过一期业余英语学习班。他拿出他父亲梁生宝当年带着有万他们进南山的劲头，刻苦攻读。拨开荆棘，拨开杜梨丛，一个英语单词就是一棵竹子，一刀砍去便是一个竹槎子。现在，他已学得很可以了，能和外宾比较顺利地对话了。周围农民遇到语言障碍时，常常要请他帮忙。他真有点鹤立鸡群的味道。

但不能说这儿只有他一只鹤，别人都是鸡了。不是的。与他的英语水平不差上下的农民，其中包括妇女，这儿还有几个呢。

这儿的农民中，也出现了几个不争气的人。说他们不争气，不是因为他们说不好英语。他们人品欠佳。为了几个钱，他们纠缠外宾，强售他们不怎么赢人的货色。他们有失我们民族的尊严。可喜的是，我看见，不多一会儿，他们就被市管会的人员领走了。卖工艺品的妇女们嗓音清脆：

“好！让他们受受教育！”

滤过的空气，到处是那么清新。绿叶上的露珠闪闪欲滴。秦俑自豪地高昂着头颅。游人往来，车辆穿梭。临潼，就像她盛产的裂开了嘴的石榴一样，颗颗籽粒闪烁着红光！

我实在忘不了这一情景——

一天，天蓝得像缎子一样，又飘着几丝白云，太阳很亮很红。在一棵枝叶浓密的柿树近旁，一块光幽幽的大青石上，坐着两个人。一个是梁生宝的儿子，一个是美国老太太。美国老太太满头卷曲的银发，袒着胸，戴着闪光的项链，衣着华丽，手里拿着一件“西安加克”，正往自己的身上比试。不知小伙子咕噜了一句什么英语，他们两人一齐放声畅笑起来。他俩接下来又具体说了些什么，仍然不知道。但后来听说，那老太太是美国一个什么博物馆的馆长，她想订购一批陕西民间工艺品；小伙子喜出望外地答应了，只是为了保证质量，希望宽限交货的时间。目下，他们的姿态那么随便，他们谈得那么倾心。阳光编织成大而多彩的光环，又被阳光的金针所挑动，战栗着、旋转着、散射着一根根一缕缕不知是光是影还是气的东西，使街，使树，使人，都变得绚烂而朦胧了。小伙子面前，恍若坐着一个本地蛤蟆滩村的大婶；美国老太太的面前，恍若坐着一个加利福尼亚的汽车司机。在这里，肤色和肤色，感情和感情，心和心，交融得就像一首美丽的诗，一个迷人的童话。

这情景，梁三老汉未曾料到，梁生宝也未曾料到。改革和开放，给中华大地带来多么巨大的变化啊！

我正呆看着，忽听传来一个年轻妇女的声音：

“李年——”

她高挑个儿，穿着一件蓝底白花的衫子，推着自行车立在路边。与美国老太太谈得正热的小伙子，应了声，又把她叫了去，介绍给美国老太太。

怎么？小伙子姓李？叫李年？他不是梁生宝的儿子吗？

此文开首第一句便说了，说他是梁生宝的儿子，只是笔者的想象。李年说，他倒也读过《创业史》，挺喜欢书里的许多人物。他还说，他承包了一个民间工艺品生产小组，有二十几个组员，这几天不生产，都停下来专门学英语呢。

山峁

咔嚓嚓一声巨响，随着神斧的倏忽敛去，开天辟地扬起的亿万吨沙尘，被云推着，被风卷着，被历史堆积着，终于，在苍茫的东方地平线上，赫赫然崛起一片大气磅礴的黄土高原。望天，那么高，那么蓝；望地，那么厚重，那么遒劲；望杨柳，那么壮实，那么挺拔。

这茫茫大块上，这雄豪杨柳边，一日，走来一支人数不多的队伍。他们与壮阔的背景相比，微乎其微，犹如一行蠕动的蚂蚁。

他们要去一个预定的地点，可是迷路了。而身后，百倍千倍于他们的敌军，正紧紧追来。

大伙儿焦灼万分。

那边山梁上，一个头扎羊肚子手巾的后生，急匆匆走过。兵荒马乱的，昨夜，他家准备箍窑的钱财被盗了，有人看见小偷现在还藏在山那边的一个庄子，他要赶去捉拿。凭着他的机智和勇猛，十拿九稳，小偷跑不了，石窑还可箍起来。

但那支队伍在拢着手向他大声呼唤。

山听见了，水听见了，他听见了。当他听清是自己的队伍有急事的时候，便趔转身子跑下来了。

这后生，精血蓬勃，一身英气。看见他臂膀上隆起的肌肉疙瘩，就让人感到这高原的坚不可摧；看见他眼中的憨厚而强悍的波光，就让人想起安塞腰鼓何以会挥发出那么奇伟的能量。他毅然放弃了抓住小偷的机会，他毅然慷慨带路，使这支队伍终于转危为安，胜利地到达了目的地。

队伍中的首长，一位个头很高、操着南方口音的人，为了表达真心实意的感激之情，想送给后生一点什么纪念品。可是遍摸周身，别无长物，只摸出一支土产的纸烟，遂以此馈赠。

后生舍不得抽这支烟。当他后来弄清馈赠者是谁的时候，更舍不得抽了。

虽然为了弥补被劫的损失，为了箍起两眼石窑，他土里刨，山上砍，连续苦干了几年，甚至年纪轻轻的就把背都累驼了，但他觉得：值。他觉得他也算为东方世界的天翻地覆，尽到了一点微薄的力量。

好多好多年之后，笔者得知这一动人的故事，翻山越岭，前去造访当年的后生。

不幸得很，他已过早地溘然长逝。

人们说，他一直想箍两眼石窑，可是到了儿也没箍起来。

人们说，儿孙们把他扶上山之后，烧香纸的时候，把那支烟也一齐向他烧了。这是他生前叮嘱过的。

由当时的生产队长陪同，我攀上一架很高的山，默默地拜谒了他的坟墓。坟墓上荒草萋萋。忽然间，我听见远远的山底下，传来了激越的安塞腰鼓的响声。这使我神思飞荡。我想，他是在一场本世纪的隆隆作响的造山运动中，变成一丘傲然而又朴拙的山峁了。陕北有许多许多这样的山峁。千万丘这样的山峁构成的黄土高原，更加大气磅礴。

野花开遍的山野

半月前曾是灰褐褐一片的山峁沟岔，现在，已经是绿草如茵，花开遍地了。

靠近烂圪针庄的一道山坡上，花儿开得更繁。那些无人种无人浇的野花儿，五颜六色，鲜艳夺目，有的大如拳头，有的小似纽扣。你仔细数了数，那花儿是十种；不，是十三种；可是你刚刚把数的结果告诉同伴，那边羊蹄蹄花儿的叶子底下，像兔子眼睛般闪亮的，又是一种花儿！

为了这些花儿，米米和她的小姐妹们，惊喜不已。她们的筐筐里，已经被野菜塞得满当当的，现在可以尽情地欣赏花儿了。

忽然间，米米说她把掏野菜的小铲铲遗在那边沟里了，就一个人匆匆走去。米米走后，一个女子便告诉大家，米米全是编谎，她是会她的干哥哥去了。别人不信，那女子就说：

“你没看见吗？米米说她要去寻铲铲以前，那边畔上的杜梨梢子哗啦啦响了一阵！我早都留心了，有人勾她的魂儿呢！”

这女子没有猜错，灰三儿在那边沟沟等着。加上这次，灰三儿已经和米米幽会了七次了。不过，由于米米的再三坚持，他们至今没有越过谈情说爱的界限。

生活在地球这一隅的灰三儿，有他独特的表达爱情的方式。他不是凯次，也不是伊凡。他从不献花。他一见米米，就从怀里掏出一个油腻腻的纸包，一打开来，是四只紫红色的红烧猪蹄子。米米怎么推让也不行，他硬要一人吃两只；于是，一对情人的四只手，每只手都捏着猪蹄子了。

涟漪般的米米吃得很慢，而糙石样的灰三儿啃着，撕着，一副大嚼海咽的样子。米米一只蹄子还未吃完，灰三儿已把两只蹄子的骨头，咚咚咚地扔进了小溪，溅起了一片水花；然后就地揪了把草叶，噌噌地擦手。米米望着他直笑。这一笑可拨动了灰三儿的心弦，他一双火辣辣的目光，钉子一样钉在米米的脸上，再不离开。

怎么说米米的脸呢？

那肤色是鲜嫩鲜嫩的，鲜嫩中晕出一层红来，而那红又被细微得几乎看不到的汗毛笼罩着，朦胧而妩媚。眼睛闪着调皮的光，好像谁也别想在里边探寻到她的感情的无限柔美。挺直的鼻梁和小小的嘴巴，线条匀称，秀丽。在她啃食的时候，嘴巴更动人，而整齐的牙齿也便偶尔露出来，像一排透明的宝石。

灰三儿心里几次有了冲动，但他想到米米的心性，便遏止了自己。待米米吃完。他说：

“米米，好米米！你叫我一声吧！”

“叫什么？”米米娇纵地反问。

“叫哥哥!”灰三儿期待着。

“坏蛋!”米米笑得甜丝丝的。

灰三儿又说：

“好妹妹！你给哥哥唱一段吧!”

“这荒滩野地的，过路人会听见哩!”

“你小声唱吧!”“不!”米米扭动着身子。

“要不，我唱一句，你唱一句!”

米米再不吭声；灰三儿开了头，二人便一人一节地对唱起来：

山梁上野鸡抖翅翎，
你妈妈生你叫人亲。
上河里鸭子下河里鹅，
你为甚不爱别人单爱我？
棉花地里带芝麻，
小妹妹毛眼眼千层层花。
寸草湾湾长流水，
见你高兴在家灰。
骑马要骑枣骝马，
自己的主意要自己拿。
山羊绵羊并排排走，
想你想在心里头。
十八丈绳子绾在心，

我心上就绾着你一个人！

唱够了，缠绵够了，灰三儿看见左边崖上有一树木瓜花，就把米米领到崖下，摘了几朵，要给米米戴在头上。可是米米躲着不戴，偏要自己亲自采撷。灰三儿着急地说：

“这么高的崖，你能够上吗？”

“咋不能？”米米扑闪着眼睛。

灰三儿困惑地望着米米，忽然从米米的眼神里看出了她娇羞的心思，于是猛扑过去，拦腰抱住米米，把她高高送上头顶。这是两个青春躯体的第一次撞击。尽管灰三儿身上的分量是不轻的，尽管米米被搂抱得肢体生疼，但他们的心里充满了幸福和甜蜜——令人晕眩令人融化的幸福和甜蜜。他们心上开出的花儿，使他们头顶上的木瓜花儿，使这千山万沟的一切花儿，都顿时变得黯然失色了。

而此刻，在地球的风光殊异的许多地方，也应该发生着类似的事情。

激动的土地

周总理那年回延安的情景，是再感人不过的了。

一九七三年六月九日，总理陪着外宾，踏上了他久违了的延安的土地。本来，主角是外宾，总理只是作陪，但是，延安人民感情的天平，硬是重重地落到总理这一边。那一张张笑脸，那欢呼的声音，只要细心观察，就知道几乎全是向着总理的。是不懂得礼貌吗？不是的。延安人民具有崇高的思想境界，经见的世面也够多了，以住处理此类事情，总是很得体的。那么，究竟是为什么呢？

因为陪同者是总理，而不是别人；因为总理当年与延安人民结下了深厚的友情。

于是，这片土地异乎寻常地激动起来，简直激动得无法自控了。

人们扶老携幼涌上街头。连正在坐月子的婆姨，也不顾丈夫的劝阻，也跑出了家门。不少距城好几十里的衣着破烂的农民，也汗流浃背地赶来了。虽然到处都站着维持秩序的人员，然而人们还是冲破重重阻拦，奔向总理。欢迎晚会结束之后，总理登台接见演员，那情景也是火辣辣的。人们拉住总理的手不放。好些人已经和总理握过手，从台子这边走下去，却又从台子那边跑上来，偷偷插进队列，第二次和总理握手。有的人还握了第三次。握够了手，得到了感情上的最大满足，他们一个个兴奋得彻夜难眠。

这一天，许多人落泪了，总理也落泪了。人们是因见到总理而高兴地落泪，总理是因看见老区人民依然过着那么艰辛的日子而难过地落泪。

当总理落泪的消息传开来的时候，延安的老百姓怎能不再一次血冲心口？总理，只有总理才知道延安人民的疾苦啊！

最动人的情景，是在总理驱车登宝塔山的途中。一串小车在前面走，好些群众在后面撵；小车飞驰，人也飞驰；不少群众，从城墙上，从崖畔下，从大桥边，向着这儿跑来。车过南河，面对这样的几乎可以称得上是非常混乱的场面，司机心一慌，车轮竟陷入一个泥坑。而这偏偏是总理乘坐的车，随总理同来负责保卫工作的首长登时急傻了眼，风一样卷出车门，风一样挥手指挥，可是群众却感到在总理面前是可以无拘无束的，是可以任性的，争着抢着和总理握手，争着抢着向总理问好。而总理呢，从车门探出上身，手不停，话不断，满脸是欣喜的笑容。

但老是这么持续下去确实是不行的，不知是谁一声提议，欢笑的群众顿然醒悟，立即四散到车的周围，俯下身去——抬车！那一圈饱含感情的脊背，让人感受到这黄土高原的厚厚的黄土层下，热流是在怎样奔涌；让人想起他们就像正在打安塞腰鼓，打到了最激越、最忘情的一瞬；让人仿佛看见群山正在崛起，在欢乐而回肠荡气的声浪中，把那车，把那坐着敬爱的周总理的车，高高地抬了起来，宛若擎起万里蓝天。

这传说般的一幕，好像是冥冥中的什么精心安排下的。好像如果没有它，总理和延安人民之间的大海般的深情，就无法全部倾倒出来。好像这样的安排，安排在这一特定的历史时刻，也是为了向世界强调这样一个平凡的真理：

他活着别人就不能活的人，

他的下场可以看到；

他活着为了多数人更好地活着的人，

群众把他抬举得很高，很高。

为了以上那些看起来相当混乱的场面，那个负责保卫工作的首长，向着接待人员和保卫人员发了几通火。不过，延安群众却分外高兴，总理却分外高兴。老区人民的心和总理的心，碰出了灿烂的火花。

甘谷驿小记

羊蹄蹄敲打的韵里，陕北，甘谷驿油田，遍地采油机像磕头一样，一动一动。采油机，像庄户人心目中的孝子，淳朴而虔诚，不住地磕头。哦，该是一个超级家族在举行古老的盛典吧，场面宏大，孝子众多。它们磕头，在川道，在山畔，在庄稼地，甚至在小酒铺的门前，在许多不被人注意的角落。夜晚人们都睡了，鸟睡了，兽也睡了，可是采油机不睡，仍然在磕头。从外地来的我对这景观感到新奇而有趣，庄户人却早已看惯了，熟视无睹，只顾走自己的路，挑自己的水，干自己的农活。

整个油田是一派繁忙景象。采油机工作不住，雪白的泵油车，灰黑的通井车，在凹凸不平不像路的路上，一辆一辆颠来，一辆一辆簸去，而笛鸣连声的油罐车，高高耸着粗胖的油罐，在公路上旋起阵阵疾风。一个满身油污的姑娘汗水涔涔，喊叫着，招手挡车。油罐车停下来。车门开处，跳下来的是正当盛年的矿长。几句简短叙说，矿长与姑娘立时跳上一辆反向而驶的卡车，呼的一声响，眨眼没了踪影。

本是花草未萌、山山洼洼一片褐黄的季节，可是进了拐沟，我惊诧地看见，那些村庄，全都罩着色彩斑斓的花串。狠狠挤了挤眼睛，哪是花串？是一些像激光一样的五颜六色的光束，颤动着，横射竖织。我恍若走进剧院，眼前是一个大幕刚刚拉开的舞台，舞台上闪着炫人眼目的奇光异彩。将要演《丝路花雨》？将有著名歌星从掌声中出来？

近了，原来是一些指头粗的塑料管，红的、黄的、蓝的，白的、绿的、紫的，有的横在空中，有的贴着坡洼，一条一条，都通向山畔上高高低低的农家院落。

我搞不清这些塑料管是作什么用的。我宁愿让它蒙骗我，使我以为它是彩虹，而且一点儿也不怀疑。那么，眼前是被一道道彩虹网着的村庄。

我久久伫立，想象应有祥云飘来，衣袂飘来，仙女飘来，却不料面前出现一个面目极其丑陋的老汉。这老汉歪戴个军帽，鼻子上是块块红斑，眼畔烂兮兮的，还少了两颗门牙。问他塑料管的事情，才知道是引天然气的；这儿都用天然气烧饭。还要再问时，他似乎有什么急事，再不搭理，兀自扬长而去。

我找上了隐在背处的采油机。几条塑料管果然连着井口，是随便用麻绳绑在机件上的。对塑料管另一头的情形，我急于去看看，看农户们怎么用它烧饭。

明媚的阳光下，做针线活儿的婆姨女子们坐在一起，一只狗娃卧在她们身边。这是一些使男人们永远不愿离开的妇女，大都俊气水灵，有的即使成了半老婆子，仍然风韵犹存。听了来意，她们连说：“好，好，你看看！”一个精干的、嘴唇薄薄的婆姨，立即放下针线，领我前去。门前，红色的塑料管乱盘下一堆，头头上安着铁管子。她拿起铁管子，我跟着，塑料管像蛇一样蜿蜒尾随。进了前窑，又通过个拐洞，进了后窑，来到锅台跟前。铁管子往炉膛一塞，划了根火柴，火焰就熊熊地燃烧起来了。那火势，比城市里用的液化气灶，起码大出了两三倍。

返回硷畔，她们搬来个小凳，让我坐下。看我兴趣颇浓，她们介绍说，这儿用气，一个钱都不用花，而且用多少有多少；火一烧起，前锅滚后锅开，七八个人的饭眨眼就做好了；不用的时候则将气管扔到门外，让那气随风飘散。

过了一会，走来一个年龄不大的后生，穿着一身蓝色的棉制服，大伙说他是个新女婿。他忙向我递烟，我瞥见，他的衣袋竟装着两盒烟，都是带过滤嘴的。望着他未脱孩子气的模样，我笑说：“把你的新媳妇领来让我看看，行不行？”他道：“行嘛！”显得稚嫩中又有几分老练。可是他并不行动，婆姨女子们则一下子活跃起来，向着上硷扯着嗓子呼叫。叫了一阵不见新媳妇出来，薄嘴唇婆姨让一个小女女去叫，小女女立即跑向上硷。不一会，小女女拽着花枝招展的新媳妇出现了，可是新媳妇向我们望了一眼，一闪，又从小女女手中挣脱，跑回家去。

正笑着，忽见硷畔下的大路上，走来两个矿上的人，一个老汉跟着，边走边嚷。那正是我曾见过的那个面目丑陋的老汉。从他的嚷叫声中，我听出了一些眉目：矿上的车压垮了他家的地畔，他要求赔偿，赔偿三百元。矿上的人连声不迭地道歉，但认为不应该赔那么多，于是他越嚷越凶。

“哼！又想坑国家哩！”薄嘴唇婆姨愤愤地说，“没进人地！”

别的妇女也纷纷发表看法，都说这老汉太不像话了；都说自从打出油井，大家都烧气，一年要省多少柴炭钱，该记住人家矿上的好处；都说也可以叫赔点儿损失，可是，总不能那么狠心啊！

陕北民歌

问我扑满黄尘的双脚，踏在哪里？环顾四周，陕北旋转着苍苍茫茫，苍茫中，是一重一重蜿蜒的山，一重一重蜿蜒的沟，我踏的当是被神秘气氛笼罩着的大脑沟回。那么，陕北，哪一片坡洼是你的记忆区？你的哪些土疙瘩哪些细胞司掌着美丽的歌声？而头扎羊肚子手巾或者身着枣红袄的作曲家、作词家、歌唱家，又都在什么地方？

“抓把黄土手捏碎，好久没有回陕北！”我心里这样唱着，很动感情。好久没回陕北，心却时刻和陕北连在一起。特别是当我感到文笔枯涩的时候，更加思念陕北。对于我，乞灵于生我养我的这片热土，是十分有效的。这回，我想重新听听陕北民歌，借以强健我的散文的筋骨。

大风从老远老远的天边吹来，撩拨着我的像瀑布一样飞溅的思绪。我知道，尽管陕北以她干瘪的乳房，喂养了奄奄一息的古中国，使她得以在危难中起死回生，但是，面对陕北的贫瘠和荒凉，面对贫瘠荒凉中的我的父老乡亲，有的声言要把一切献给这儿而实则是匆匆过客的人，往往嘴上说的是对这片土地很有感情了，却有意无意间，总是向她投来鄙夷的目光。那目光是令人难以忍受的，简直像横飞过来的飞毛腿导弹。不过，即使是这些人，一提起陕北民歌，顿时像碰上了“爱国者”，轰的一声，他们浑身的优越感便被炸成了碎片，四散飘落。陕北民歌是天仙。在天仙面前，他们显出一片绝不假掺的真诚，顿时弯下腰来，顶礼膜拜。只要起码的良知不曾泯灭，谁都会对陕北民歌口服心服。陕北民歌是通灵的。陕北民歌足以使石头为之感动。

而陕北真正使人刮目相看的，是她的震惊全球的矿藏。近些年，先是发现了世界级的大煤田，继而发现了世界级的大气田。人们说：“陕北了不得！”人们说：“陕北就是科威特，就是中东！”我欣喜得不能自已。欣喜之余，又很有些不平。为什么重此轻彼？为什么要忽视另一种珍贵的资源？那资源是早已发现了的，那就是她的大歌田。而这大歌田，也是当之无愧地是属于世界级的呀。所以我要说：“陕北还是维也纳！”而且，比煤和天然气胜过一筹，陕北民歌是能使心灵燃得着火、眼里涌出来泪的神妙物质啊！

让我倚着这道长满黄蒿和野艾的崖畔，静静地回味一下歌唱在这片土地上的人们吧。他们的肚子里不知怎么装了那么多的歌儿。他们好像不是用概念思维，而是用诗、用音调、用韵律来思维的。哦，他们唱起来了。我心中，光和影在奇异地波动。我感受到人类最复杂的情感，我听到从最低调到最高调的全部音阶。那是生命的运动和震颤。然后我向远处望去，那光秃秃的山，那破碎的沟，都透露出无限的美感。啊啊！你看，你看，你看吧！她的韵律，她的色调，她的线条，她的布局和构图，那么雄浑厚朴，那么美，美得让人想跳，想举起双臂呼喊。我不是画家，我却凭借陕北民歌，以我的血肉感受到了这一切。哦，莫道我的家乡贫瘠荒凉，陕北自有她的美在。

我一道沟一道沟地走着，一个村庄一个村庄地走着。只见汽车飞驰在大路上，塑料薄膜覆盖在农田中，村庄，院落，羊肚子手巾红腰带的闪动中，蝙蝠衫翩翩，高跟鞋嗒嗒。窑洞硷畔上的杜梨树边，出现了新引进的树种，她的名字叫电视天线。曾经寥若晨星的本土作家，在延安，在榆林，在一些文化馆，一批一批地坐在我的面前。他们有的已出了七八本书。这些都令人十分喜欢。而陕北民歌呢？那飘飘绕绕的“青线线蓝线线”呢？那“走头头骡子”一路洒下的“哇哇声”呢？你们到哪里去了？一股浓重的失落感涌上我的心头。“擦着个火柴点着个灯，长下个枕头短下个人！”这首歌好像是为今天唱的。

哦，陕北变了，尽管山在水在石头在；陕北变了，尽管乡亲们依然情满怀。曾几何时，那山野间随处可以听到的信天游，像山羊绵羊一样多的信天游，竟少得如凤毛麟角。也在非常偏僻的沟岔里听过几个农民唱，但放在整个陕北，他们显得多么孤单，多么寂寞。这竟使我想起嫦娥了，白云之上，广寒宫里，寂寞嫦娥舒广袖。那曾经飞前绕后撞人碰人的信天游，都到哪儿去了？是不是因为记在本子上、印在书籍上、录在磁带上、唱在荧屏上，就连根儿拔走了，连种子也没留下几颗？

为揭开陕北民歌的衰退之谜，我思考了很久，也走访过一些朋友。后来，还是几首陕北民歌，使我窥探到了有着什么响动的神秘的门径。一首是："信天游，不断头，断了头，受苦人无法解忧愁。"另一首更绝："憨婆姨生的俊女子，圪里圪崂长的好糜子。"陕北是中国的一个偏僻圪崂，陕北是一个其貌不扬的憨婆姨，于是便有了好糜子，俊女子，于是便有了好糜子俊女子一般的陕北民歌。我们似乎可以顺着这个思路进一步剖析了。

回顾历史，现代文明久久不曾涉足的陕北，她的闭塞，她的贫穷，是令人触目惊心的。本世纪三十年代，一位从我们这颗星球的那一边走来的美国人，站在保安县的山峦上，映入他眼帘的是黄潆潆的秃山，纵横的沟壑，七十度斜坡上的耕地，窑洞前的吊着空麻袋一样的乳房的妇女。他一定想到这儿的状况比不曾开发的美国西部还要恶劣千倍，于是他感慨道："人类能在这样的自然环境中生存，简直是一种奇迹！"他又说："这儿的人们是靠饥饿和危险而生存的。"这位美国人，就是后来享誉世界的著名记者斯诺。而偏偏是在闭塞和贫穷中，伴生出一片辉煌。严酷的自然条件和苦难的生活，刺激出血肉之躯上的灵气，刺激出美丽绝伦的陕北民歌。我曾见过一些剪窗花的妇女，她们也说出了同样的现象。她们说："谁的命越苦，谁剪出的窗花越好。"我当时只感到这个观点很新鲜，现在却悟出其深刻性了。陕北民歌是陕北人民与命运抗争而从心上迸射出来的灿烂火花。因此可以说，此花只应陕北有，只应陕北的昨天有，别的时空能得几苗生！不少有抱负的作曲家，为了满足广大群众的需要，到处搜集陕北民歌，特别是希望找到一些从来没听过的陕北民歌，从中捕捉旋律，创作出绮丽的乐章。民族唱法的歌星更加期盼得到新鲜的地道的陕北民歌。人们从来没有像现在这样，几乎对陕北民歌爱得死去活来。但偏偏在这样的时候，陕北民歌却显得有些萎缩了。

望着陕北的山河，想着她今后将很少产生民歌了，我的心里不免有几分惆怅。但是，能不能因为这个原因，把现代文明的步伐拖住？抑或，在陕北圈定一个“野生民歌保护区”？我知道，如果这样，连我坟墓里的祖先都要跑出来打我一个耳光的。他们会说：“那是不知轻重。”他们会说：“那是对陕北父老乡亲们的残忍。”他们会说：“你的书瞎念了，快去听听乡亲们的想法吧！”乡亲们没有说民歌的事情，却说了一些别的，别的也对我颇有启发。那是在一个县政府的院子，书记和乡亲们谈天，说起开采气矿，说起开采气矿便会损失一些耕地，便会带来污染，书记问大家反对不反对，乡亲们几乎是不加思索地齐声说：“为啥反对？套雀雀还要折把米哩。只要开采，我们恨不得磕个响头！”那么，让我们不要感到丢失了什么，更不要显出失魂落魄的模样，无牵无挂地向前走吧。何况，已经形成的陕北民歌的矿床，雄厚得很，足够我们一年一年地采下去了。煤矿和气矿有采完的时候，而陕北民歌，因为即使是同一首曲子，也可以不断从中提炼许多不同的新鲜东西，从这个意义上讲，她是永远采不完的。

凡人故事

那年，他从农校毕业，回家看了娘，娘给他吃了浆水面，给他吃了新麦面馍馍，又给他拆洗了被褥，他就离开了生他养他的关中大平原，带着一个二十岁青年的投入生活的热情，一头钻进山里，到了延安。组织分配他到养蜂研究所工作。

说是养蜂研究所，其实只有三个人：一个主任，一个副主任，再一个就是他；他是唯一的小兵。所址在高高的山上，没有任何现代建筑，有的只是当年的八路军住过的一些破窑洞。他起初很觉得憋闷，但过了几个月，却爱上这个地方了。这儿阳光好，空气好。站在山疙瘩上，眼亮，看得很远很远。夏天从来不需要电扇，总有习习凉风吹来，爽人身心。逢上十五的夜晚，一轮圆月渐上中天，虫儿又到处鸣唱。拿个小板凳坐下，头脑里全没有山底下的纷繁事情，要多惬意有多惬意。美中不足的只是用水困难，要到山下去挑，挑一趟总得半个小时。晴天还好，要是下了雨，下了雪，坡陡路滑，常常跌得鼻青脸肿，还挑不上来。他最年轻，这苦差事自然主要是落到他的身上了。一日，他在后坡转悠，忽见有一片湿土，用手刨刨，越刨底下越湿，便跑去对主任说，那儿也许可以打出泉子来。主任说：“那是雪水渗的；陕北的山，都是干山，从来没见过哪里有泉子。”他不信，掂了镢头去挖，不料只挖了一下午，果真就有泉子了，水咕嘟嘟地直往外冒。主任喜出望外，副主任赶忙提来一瓶酒，以示庆祝。泉子的地势比他们的窑洞还高，他们就拉了一条橡胶管子，把水引下来，引入灶房，安了水龙头。人们说他们有了自来水，但主任却纠正道：“自来水哪能比上它？我们这是自流水！”自流水出奇地好，喝起来就像加了冰糖，洗衣服连肥皂都不需要怎么打。有了水，为了养蜂，他们就首先种花；接着又种菜。眨眼间，窑洞周围鲜花开遍，蔬菜嫩绿，蜂采的有了，人吃的也有了，一片冷清荒寂之地，变成了乐园。

但娘不放心他，打发舅舅来探望。他领着舅舅看了蜂，看了泉。临别时，舅舅说：“娃！这地方好！山好，水也好！延安出了数不清的大人物，你能到这里工作，是你的福分。说不定你也能出息成个人物呢。”

转眼二十年过去了。他忙于工作，二十年里，只回过一趟家。后来娘知道，他结婚了；再后来娘知道，他当上主任了。村里人听说他干得不错，都为他高兴。一日，村里正演皮影戏，忽然传来一个惊人的消息，像一声春雷，炸响在村子的上空。人们奔走相告。人们谈论不休。人们都说，他上北京了，是坐飞机去的，任务是去接意大利国王。常有重要外宾去延安参观，这回接意大利国王，毋庸置疑。接国王，那可不是一般人就有资格的，看来他把事情干大了。人老八辈子，村里终于出了这么个了不起的大人物，使得全村上下，激动不已。他的舅舅更是高兴，附上老姐姐的耳朵说："姐！我早就说过，延安是个出大人物的地方，你看是不是?"老太太便喜得淌出了眼泪。

许多亲戚登上娘的门，提着礼物，托娘写信给他，求他办事。娘一封一封地发出信去，但不见回复，怕误了亲戚的事情，叫人家说长道短，就打发舅舅亲自上一趟延安。

找上他新迁的住址，今非昔比，鸟枪换炮，一座大楼高高矗立。但他还没有从北京回来。外甥媳妇接待了老人。看看家里，也真够阔气的，有了沙发，有了诸多家用电器。舅舅虽然顿顿好酒好肉地吃着，但等了两天，急了，不断出门去看天上有没有飞机。有时，一个鸟儿飞过，他也以为是飞机了。外孙子跑来喊他吃饭，他刚要进门，忽见飞机真的来了。是一架很大很大的飞机。他草草地吃了两口，等着。据说飞机场离这儿很远，大概还须半小时才能回来；回来也不见得就能立即回家，因为接的是国王，重任在肩哪！正思思谋谋地想着，忽见门帘一挑，他竟回来了。他风尘仆仆的，双手抱一个盒子，还背个挎包。多年不见了，舅舅外甥亲热得寸步不离。待他洗了脸，舅舅问："人家国王住宾馆了?"他愣住了："你说啥?""国王嘛，意大利国王。"舅舅说。他这才明白，却纵声大笑起来，然后指着搁在桌上的盒子说："这不是了？在这儿!"舅舅又懵了，常听说现在死了人都装骨灰盒，莫不是国王遇难了？他却又笑起来："舅！你弄错了！我接的是意大利的蜂王，不是国王。人家意大利现在打根儿就没有国王!”舅舅感到好笑了，原来是闹了场误会。

但静下来，老人心头怅怅的，很感到有点儿失望。外甥并没有成什么大人物。不过这倒算不了什么，世上那么多的人，还是平平凡凡的多。令人难堪的是，那个虚假的消息已经传遍全村，许多亲戚又求办事，这个台阶可该怎么下呀!

穷山饿石间

一片穷山饿石。

陡峭的坡上，没有任何植被，就像倾泻着黄土的瀑布。

偶然看见一股流水，却细细的，没流几步又不见了踪迹。

气候恶劣极了，有时候风沙满天，有时候赤日炎炎，有时候又暴雨骤至，挟带着拳头一样大的冰雹。

对于一切生命，这儿的自然环境都是后娘。

一切生命，在这儿都受到了最残酷的虐待。

然而，在这里，生命却照样呼吸着，繁衍着，而且，表现出了异乎寻常的强悍和坚韧。

瞧，那儿，一丛绿。

“那是什么?”城里来的孩子问。

“马牙草。”土著娃回答。

马牙草扎根的地方，是干山硬梁。干得像炕板，硬得像铁。

“它的命最长了。”

“是吗?”

土著娃望望伙伴的眼睛，不再说什么，而是用小镢头刨出马牙草，又狠狠地剁了几下。

火辣辣的太阳曝晒着碎尸几断的马牙草。

“咱们过几天再来看吧。”

他们走了。

落了一场小雨。

他们又一同走上山梁。

呵，马牙草又扎根了！又活过来了！而且，被剁下的每一截都成了一个新的生命！

一个晴朗的日子，他们一起坐在院子里吃饭。

鸡来了。

土著娃站起来，赶得鸡嘎嘎乱窜。

“为什么老不见喂呢?”

“人的粮食都不多，哪顾上它们?”

“那……它们吃什么?”

“虫子，草籽，山洼里有的是。”

土著娃数了数，少了一只母鸡。想想，嗨，多日不见它了。

他们就一起寻找。

连根鸡毛都没找见。

“大概叫狐狸拉走了。”

“是吗?”

“可不是！狐狸最爱吃鸡。”

但是一天晌午，那只母鸡却突然回来了！并且喜气盈盈地，身后带着一群鸡娃，一群鲜活的唧唧唧叫着的生命！

入秋，他们一起玩耍。

玩的是扔石头，打仗。

土著娃让着城里的孩子，所以，城里的孩子总是占着上风。

土著娃忽然发现，一头老黄牛正在偷吃地里的禾苗，就去赶牛，可是城里的孩子还未休战，一块石头过去，把土著娃的脸打破了。

鲜血直流！城里的孩子跑过去。吓呆了！

“我……我背你去医院。”

“不用，没事的。”

“那，我提包里装有紫药水，我去寻。”

“不用。”

土著娃抓了一把干黄土面儿，给脸上敷了，揉了揉。后来，竟没有感染，竟长好了！

不觉到了冬天。天寒地冻，滴水成冰。早晨，太阳还没出山，他们一起睡在热被窝里，正在做梦。

耳边传来隆隆的响声。

门外的放羊老汉喊叫：“嗨呀！这么多的炮车！”

土著娃一骨碌爬起来，赤条条一丝不挂，就跑出去了。

城里的孩子摸摸索索地穿上衣裳，也跑了出去。

天气真冷。解放军拉练的炮车，行进在落了一层白霜的村路上。

那么多的土著娃都在观看，男娃，女娃，七八岁的娃，三四岁的娃，都是赤条条的一丝不挂，像一些大小不等的立起来的鱼儿。

过后，城里的孩子由于衣裳还是没有穿好（没扣扣子），感冒了。可是，那些大大小小的土著娃，仍然欢蹦乱跳。

好一片征服了厄运的生命！

快过春节的时候，城里孩子的爸爸来了，要接他回去。

“爸爸，你看我们这儿好吗?”

“好。”

“为什么?”

“把你锻炼得结实了，勇敢了。”

在爸爸的心中，孩子的身上已灌注了了不得的生命伟力。因为他知道，这是一片出豪杰的地方。三百多年前，那叱咤风云的李自成，就出在这里。

锅 盔

从去年十一月初到现在，我一直在陕西千阳县下乡。

千阳是个小县，面积和人口都是全国的万分之一。据一位著名的美术家的考证，千阳及其毗邻的陇县之间，是我们中华民族的摇篮，黄帝和炎帝都在这一带叱咤过风云。

千阳县虽小，饮食摊点却横了一条街。在这儿，使外地人惊异得两眼放光的，莫过于一种叫作“锅盔”的食品了。

锅盔，光凭这名称，就让人想起盔甲，想起猛士，想起金戈铁马的西部古战场。

锅盔的形状，又多么像这千阳大地，像这黄土高原：敦厚，雄浑，粗犷；可以载大树，可以负巨石，可以经受暴风雨的无情打击。

其实，在关中的许多地方，也都能见到这种锅盔。

锅盔是圆的，一个有草帽那么大，桌腿那么厚。虽是细白的面粉烙的，表面却不光，如糙石一般。多重呢？少说也有十六七斤吧。

这么个家伙，怎么做呀?

揉面，不是用手揉，而是用杠子压；老头压也不行，要小伙子。压者满头淌汗，用的是拉大锯的力气。烙制的时候，要用麦秸火慢慢煨，煨两个多小时。熟了后，好烫，就慌忙扔到筐子里，咚的一声，惊天动地，使筐子久久摇晃不止。

市面上的锅盔，总是用刀子斜着切下去，切成比平面大了许多的斜面，进一步夸张和炫耀它的粗重厚实。对顾主来说，这无疑是受了一次小小的欺骗，但顾主偏偏乐于接受这样的欺骗。顾主相信它是粗重厚实的，希望它更粗重厚实一些，这一刀便能使他们得到绝妙的满足。

常见庄稼汉啃着这个家伙。而庄稼汉，有时穿着折裆扎腿的老棉裤，有时裸露着肌肉隆起像摔上几疙瘩黑泥的臂膀。脚下是浸满汗水和豪情的黄土高原。锅盔，庄稼汉，黄土高原，三者是和谐完美的统一。

冬季，载着麦秸的手扶拖拉机，从四野八乡源源不断地集中到这儿，又开往宝鸡。运送麦秸不像运送别的东西，码起的垛子体积极大，那真是载着一座山。打背面看，那山上接天下摩地，全不见人的踪影，机子的踪影，那山就好像自个儿摇晃，移动，飞跑。从正面望，巍峨一座大山，它的沉重无比的分量，简直像全都压到拖拉机手的身上了——其实也真压上一部分。拖拉机手一个个被压得低着头，弓着腰，时刻处于艰辛状态。他们也真苦。但是，凭着锅盔转化的热能，凭着惊人的吃苦精神和坚韧的毅力，他们还是跑了一趟又一趟。

倘问：下一顿饭，拖拉机手们想吃些什么呢?

摸摸口袋，如果还有钱，自然又向卖锅盔的走去了。

累极饿极的人们，啃起锅盔来，能不更加体味到它的香甜么?

那几乎是香甜的极致了。

黑宝璀璨

要知榆林大漠模样，这就是了：苍苍天无边，茫茫野无沿，沙丘大大小小、起起伏伏，重重叠叠，疯长着无涯的荒寂。像一领被遗弃的破席，没人再去理会；像一张无血色又永无表情的脸，毁誉由之。走上百儿八十里，偶见一村庄，只两户人家，三户人家，门前都长着一人高的沙蒿；树也是有的，或细弱，或老而奇形怪状：树干分裂为三四，又扭了几扭，又空了心子，又向四方龇开，如百年前埋下的一颗地雷作无声的爆炸。据说村庄周围也有田园，但这田园就像探险者踩在月球上的几片脚印，连天文望远镜也觅不出它在什么地方。

走着走着，忽而有了黄土，有了石头，有了山，有了鲜活的城镇，然而这一切只是晃了一瞬，又被荒寂吞没了。一条叫作窟野河的大河从天边滚滚流来，野得就像它的名字，就像一只嗥叫着的狼，又给这天地间增添了几分荒寂。水是泥浆的颜色，岸是泥浆的颜色，河滩也是泥浆的颜色。河滩宽阔博大，一路走上去，面积以万亩计，十万亩计，可惜没有一分田垄，甚至连一棵草茎也看不到。路边山梁上偶有古塞残堞，河滩有时也能掘出几块生了锈的戟铁，使人耳畔依稀啸过胡笳的悲鸣。

无论榆林大漠还是这窟野河两岸，都有许多奇特的地名：巴虾采当、尔林兔、活鸡兔、波罗、黄土螃垓、哈拉沟、西葫芦素……地名与风物相配套，风物与地名相和谐，有如一首歌子的词和曲。不配套不和谐的，只是远方来客。远方来客也许是著名歌星，也许煽起过风靡全国的“西北风”，却唱不了这首歌子。

看跟前风物，听耳边地名，从感觉上，以为走到什么遥远的异域了，而理智却提醒你，还没出陕北边界。不过确已走了很远很远，不过确已离蒙南高原很近了。那么，这些地名是什么人起的呢？是汉人起的？是蒙人起的？抑或是蒙人起下汉人又音译如此？谁也说不清楚。可以说清楚的是，汉文化与蒙文化，已在这儿交融在一起。这儿的民歌既叫“信天游”，是陕北民歌的称谓；也叫“爬山歌”，是内蒙古民歌的称谓；有一种叫法是干脆把二者化于一舌，就叫“蒙汉调”了。

如同虫子也能教监牢产生点灵动色彩，世世代代繁衍生息在这里的人们，也使这一片死寂的土地，有了活气，有了鸡叫狗吠声，有了激激扬扬的红火热闹。他们耕锄于山坡，修路于崖畔，歇息时，往往就摔跤：汉子和汉子摔，婆姨和婆姨摔，有时兴致来了，婆姨和汉子也相互摔。逢上谁家娶媳妇，唢呐便吹，花轿便闪，吹出金黄的旋风，闪成虚幻的火球，还要七碟子八碗端上桌，猜拳，豪饮，喧嚣不住，欢笑不住，闹它个昏天黑地。

吹荡着自由之风的乐土，在这里；洒脱蓬勃的灵魂，在这里；无数王贵无数李香香，在这里。在这里，男女好平等，平等如诗，如歌，如画。以做饭为例，婆姨固然得做，汉子也不能下地回来就往炕上一躺，只等着端来张口；汉子也得帮一手。汉子做饭功夫的熟练老到，常使外地人为之叹服：上下开弓，手脚并用，手在锅台上剁荞面，赤脚片子往灶膛里填柴火，不一会儿，一家人的饭就做好了。

尽管严酷的自然环境磨炼出人们的乐观性格，然而生活的贫困，却是无法回避的事实。贫困就像这儿传说的神秘的“毛鬼神”，踢不开，打不走，老是纠纠缠缠的不肯放开人们。有的人，一家五八口伙盖一块被子，有的人，大年初一只能吃上一顿黄米捞饭。有一首民谣是这么说的：“女人掏苦菜，男人走口外。”如果说，它对人们祖祖辈辈凄惶日子的概括，这样还有些平淡的话，那么，那掏苦菜的旷野，那走口外的路上，那旷野和路上一声一声催人泪下的蒙汉调，却是令铁石心肠也会变得不堪一击的。

这一片辽阔的土地，果真是那么贫困么？

这块土地耐不住了，似乎终于向我们泄漏了点什么。

一九五四年，榆林专署的一个干部，出于高度的责任感，骑骡子跑到绥德（那时榆林和绥德之间还不通车），又从绥德搭车奔赴西安，气喘吁吁地向省上有关部门报告：神木有煤，煤很多，煤都自燃了！他还吁请省上，赶快派人灭火，赶快派人开发！

然而看到的却是不屑一顾的脸色：“知道了，知道了。你们那儿的煤，省上完全了解，有是有那么一点。可是缺乏工业价值。”

那个专署干部的心，那一片辽阔的土地上穷苦老百姓的心，如同那片死寂的土地，也死寂了。

这一片辽阔的土地，果真是那么贫困么？

从那以后，更没有人会这么问了。如果还要这么问，那不是存心打岔么？何况，我们需要问的问题太多了。

五十年代过去，六十年代过去，七十年代也过去了。到了八十年代初，一位在中央机关工作的神木籍老干部，一位记者，接着又有一位记者，终于先后在这片土地上捡起问号，又把这问号铸为重型炸弹一般的惊叹号，抛掷在世人面前：陕北有煤海，优质易开采！随后经过几年的艰苦勘探，结果是，钻钻下去都有煤！而且是世界上少有的优质煤和气化煤！

人们终于发现，原来，这陕北，这榆林地区的神木、府谷一带，这一片辽阔的土地，是富饶绝伦的土地！

而其实，这儿的富饶，早已作黑色的跃出，早已作黑色的呐喊，怨只怨我们在相当长的时间里，心思没用到正当地方，愧对它了。

难道不是么？只要我们稍稍在这儿深入一下，问题就完全清楚了。

不管沿着哪条道路走，偶一转脸，或于荒沙中，或于沟壕里，或于岩层间，在这些看着令人疲倦的泥浆般的大片底色上，你的目光便会触到惊心的黑，触到裸露的煤层。其厚度有的一米半米，有的两米三米，有的竟有四米之多。路上遇见的牲口、架子车、拖拉机，多是运的煤。落小雪的路上，白、黄、黑三色相杂，白的是雪，黄的是土，是沙，黑的是煤，斑斑驳驳，色彩对比鲜明，如铺着一条其长无比的美丽地毯。小煤窑到处都是。“远看像个要饭的，近看是个掏炭的。”这儿流传的这个顺口溜，道出了掏炭人一直过着的可怜日子。他们掏下的炭很不值钱，收入微薄，仅比乞丐强一点；绝少洗脸，即使洗了也立刻便黑了，所以每每回家都像非洲的黑人一般。传说有人过年时洗净脸走回家来，孩子反倒认不得他了，吓得哇哇直哭，直往妈妈怀里钻。其实这类事情多的是，因为小煤窑很多。

在大大小小的无数河流里，找石头难，找煤疙瘩易，煤疙瘩俯拾即是。有的煤疙瘩不知在河水中滚荡了多少年了，竟无棱无角，浑圆光滑，完全像卵石一样。而在有些河段，整个河槽竟都是黑的，赫赫然，彻头彻尾由完整的煤层构成，站到跟前如临大夜，看到了夜的走，夜的行，夜的黑衣飘动。但水多是浑的，水下又多沉淀着泥沙，这样的奇景很少得以一窥。但不管来到哪片河床上，只要把表面一层一两米厚的泥沙挖走，便是一个露天矿。人们把它亲切地称为“小露天”。“小露天”多如这儿的黑羊羔。

一些河段没有现成的煤，河边群众也懒得去远处搬运，只等河水送来。等到山洪一爆发，浪卷着煤，煤掀着浪，浪啸煤吼，似唤村村户户人：“煤，送到了，收下吧！”人们自是高兴，便大呼小叫，男喊女嚷，从山峁上，从背沟里，从条条路上，一齐涌向河滩。只见那洪流中的煤疙瘩，若西瓜，若猪羊，若牛，若碾盘，若房子，甚而至于若黑色的巨轮，从滚滚的波涛中威武驶来。人们不管是张是李，只要有力气，就尽兴去捞。社会上曾几次掀起抢购风，抢购彩电，抢购冰箱，也抢购过煤。但这儿对于煤，既不是购，更不用抢，煤之流源源不断，用不着排队，用不着挤挤搡搡，可以一团和气，各取所需，皆大欢喜。那一年，有块其大惊人的煤块，不，煤山，被冲到一个村子的地头，全村二十多户人家用钢钎打碎分了，烧了三四年，有些人至今还没有烧完。

走到一些山村，恍若踏入黑色的城堡，使人惊诧不已。院墙是煤砌的，猪圈是煤砌的，厕所也是煤砌的。不知谁家盖新房，那新房的基础就是四方四正的煤块子。村办小学经费困难，学生娃娃坐在煤上，而用煤支起一块木板，就是桌子了。路畔塌了，用煤填；堤堰垮了，用煤补。煤，充斥在生活和生产的各个方面。也有些山村却不见一块煤，你这下以为这儿是缺煤的了，然而大谬，那反是因为这儿煤太多，煤太近，扬手可得，不必碍事绊脚地在身边储存。往往要烧火了，大人一边取火柴，一边才对孩子说："拾几疙瘩炭去。"孩子随便走几步，随便转个山旮旯，随便挖两镢头就是。这儿的煤燃点极低，烧着也不费事，一棵两棵黄蒿用来引火，便行。

冬季的西北风虽硬，因为煤多煤贱，谁也不须担心受冷。不论是机关单位还是普通百姓，都是煤天煤地；不论是主家还是客人，不怕麻烦尽管烧。

过春节与过元宵节，这儿除了和一般地区那样点灯笼之外，还要点火塔。火塔用煤砌成，大多一两米高。火塔点亮的时候，从城镇到农村，大街小巷，前山后洼，家家户户门庭前，都是一片辉煌一片明。机关单位气魄自要大得多，有的砌一个火塔，就要用去满满三卡车的煤。如此多而雄伟的火塔彻夜点燃，翌日看，天却还是蓝漾漾的，云却还是白生生的，空气却绝少污染，也留不下多少垃圾，每个火塔只化作一层白雪似的灰烬。这儿煤的品位之优，于此便可窥知一二。经科学鉴定，它低灰，低硫，低磷，瓦斯的含量几乎等于零。

窟野河的一条支流，叫作乌兰木伦河。沿着乌兰木伦河驱车飞驰，举目望去，连绵群山之上，如山花竞放，如朝霞浸染，尽皆泛着隐隐的红光。那是火烧山。近了看，一层一层的山岩，如热血浸透，如从炉膛滚出，还似散发着烤人的余温。那是火烧岩。火烧山和火烧岩，都是煤田自燃的结果。据说，有些地方上层燃了，底层还完好无损，有些地方则从上至下燃了一二十里深，不复存一块煤炭。几万年来，几千年来，朝朝代代，年年月月，已经燃去多少？多少卡车多少吨？够多少工厂多少家庭烧多少年多少月多少日子？纵有电脑，纵有史丰收的快速计算法，也很难算出。而有些至今还在燃，缕缕青烟飘出山缝。问煤田："汝成于何时？"煤田说了，说的却是庄户人家觉得非常陌生的名词，像从秦皇陵中掘出来的，像从太平洋中捞起来的。它说是"侏罗纪"。"侏罗纪"距今已有一亿四千多万年。亿万年的相思，亿万年的等候，亿万年的期待，怎不教它燃烧得如癫如狂！

但我们总算和它亲近了。但我们总算看清它的黑牡丹似的姣好容颜了。它半截脸在这儿，在神木、府谷一带，叫神府煤田；半截脸在内蒙古南部的东胜一带，叫东胜煤田。两片煤田合起来，完整的名字是神府东胜煤田，真真是个浩瀚的煤海。更可喜的是，海下有海，海下有海，海下有海，海，有五重。总储量相当于一百六十五个抚顺，可以说盖世无双，居于世界八大煤田之首。难怪一些前来考察的外宾，一边赞叹，一边诙谐地说："真叫我们有点儿忌妒了。"哦，我们这块古大陆，我们这片如同我们民族一样经历过巨大灾难的土地，怎能不深蕴着如此丰厚的希望！

消息传出，整个地球为之一颤。美、日、法、英等十多个国家，都感觉到了，都表示了十分热切的投资兴趣。这片土地上的人们更不用说了，一个个像在生命中注入了新的活力，一个个奔走相告："从前总说咱们只有白宝（羊绒），现在，咱们又有黑宝啦！"

被灿灿发光的黑宝所召唤，万古苍凉之上，现代化的采煤队伍走来。在大柳塔，先来了三十八人，号称三十八军；尔后又是一百二十九人，号称一二九师。多么自豪的采煤大军！在大漠，在河道，在沟洼，采黑宝的宏伟场面铺开了，有如世界热潮舞的演出。一河为界，河西是陕西，河东是内蒙古，都干得大汗淋漓。因为有了煤矿，一些曾经是连三十户人都不到的小镇子，现在骤增为三四万；一些从来不会卖东西的庄户人，也提起了鸡蛋筐子。饭铺、旅社、照相馆、百货商店、浴池……雨后春笋般拔地而起，一派繁华景象。

走一处：矿。又一处：矿。那些矿多是冲着山根凿进去，凿出平井斜井，平井是平卧的蟒，斜井是斜卧的蟒，巍巍高山用粗胳膊大手猛压着它们，它们就张开大口，吐，吐，吐出不尽的煤。而大型露天矿又是另一番壮观景致。十几米厚的煤层，如无瑕墨玉，无一矸石。那是精煤的悬崖，精煤的绝壁，精煤的高楼大厦。人都道，此精煤可气化使用，还可把这煤粉和水一道喷出去，像可燃气一般好烧。而这煤又是如此之多。天和地几欲合拢，是煤，才把它们远远撑开。站在煤顶上喊话，你必须细听才能听清，而那声音是被染黑了的。望着这庞厚煤层，你不由一番惊叹接着一番惊叹，你不能不为这块土地如此富饶而欣喜万端。这是一幅奇伟的中国画，只有中国的笔墨才能画出。画的时候，笔有多重墨有多饱多浓，即令花上八百年时间，也难以估透。钢铁的机械震响着，它似乎有些垂头丧气。它问："这么多的煤，何时方可采完?"矿长笑答："光咱这个矿，用不了多少日子，二百年吧。"看来，整个神府煤田，够我们放心采了。这个煤田已被列入"七五"期间国家重点建设项目，我国煤炭生产的重点，将要由东部转移到西部。愿一股大漠来风，将此信息，传遍祖国四方！

腿在这儿走，眼在这儿看，到处都是富饶的一片，曾在印象中的荒寂，荒寂，荒寂，将永远和这儿告别了。神府精煤源源出口，已经换取了大宗外汇。火车的汽笛已在这儿声声长鸣。希望在即。然而，这儿的煤层没有夹矸，煤田的开发中却含着隐忧。人们痛心地看见，如此宝贵的资源，却一哄而上：国家挖，省上挖，地区挖，县上挖，乡上挖，村上挖，集体挖，个人挖，弄不清来自哪儿的人也挖。如一群乱鼠，密密麻麻，挤挤挨挨，咕咕涌涌，在挖，在打洞，在抢噬。好多人都是看到什么地方得利快，就挖什么地方。表土和杂石乱堆。挖下半截就甩了。几年之间，这片煤田的许多地段，竟被挖得体无完肤，疮痍满目，破碎不堪。幸好，这种野蛮破坏资源的严重局面，已经引起有关部门的注意了，并且略有改观。但是，人们要说的是，还必须采取更加有力的举措，使它得到彻底止息。须知，损伤这片煤田，实在是无异于损伤我们心爱的祖国的黑黑的瞳仁啊！

草色遍野

一踏上延安的山路，看见路上羊蹄蹄敲打下的白痕，嗅着青草和羊粪蛋蛋的气息，就感到无比地亲切了。想儿时，一双不愿受束缚不肯穿鞋子的小脚片儿，曾经踩在这样的路上，踩在这样的路上东瞅西瞅，羊羔羔似的，想着怎么能够趁八路军不注意，偷吃一颗他们种下的西红柿。想羊羔羔渐长，学过了“X+Y”，也是在这样的路上，与同学们一起，缅怀着先辈立下的不朽功业，指点江山，激扬文字，一个个立志此生不成龙则变虎，也袒露心灵最隐秘的一角。今日我来，又走在这样的路上，想起桩桩往事，怎能不暗自微笑？但往事如烟，今日的我已不是昨日的我了。没有了儿时的天真。没有了青年时代的壮志。廉颇老矣，羊儿老矣，羊儿备尝世事的艰辛，黑毛落上了白霜，白霜冰冷着抑郁的思绪，脑子里经常乱哄哄的，今日走来，已经甚感气力的不足了。然而，这脚下亲切的山路，还是使我的心湖澄澈了许多。好了，且让我尽情享受这延安山野间母亲般的温馨吧。

山路两边，崖上洼里，槐花开了，丁香花开了，山丹丹花开了。就连叶片很小，满枝是刺的灌木狼牙刺，记忆中经常用它烧火，好像是不开花的，却也开了那么美丽的花儿：半白半蓝，白白蓝蓝，蓝蓝白白，像我儿时常见的一种民间织染的花布。一群黑白间杂的羊儿，自由自在地啃嚼着茂盛的青草，而拦羊老汉任着它们的性儿，不理，不管，只顾自己舒展地躺在地畔，轻声哼唱着古老的民歌。几个背着柴火的后生从山梁下来，看样子，心头一时兴起，亟欲宣泄，便随地放下柴捆子，捡了土疙瘩朝沟里乱扔，一边还呜儿喊叫。哦，这种种亲切的情景，把我的心儿引入哪一片艺术境界中去了？是古元的木刻？是李季、贺敬之的诗歌？抑或，是丁玲的小说散文？李季和丁玲是已经长眠于地下了，但古元和贺敬之还在。还在，他们就会一遍一遍地回来，一遍一遍地“手抓黄土我不放”，一遍一遍地把黄土“紧紧地贴在心窝上”。对家乡延安情深如我，却远远比不上他们。我毕竟是当年的羊羔羔，是后来人了，没有在那个时代开荒纺线，没有把青春搅在那个开辟新世界的浪涛之中。我心中的延安，家乡的成分多些，革命的成分少些。他们则不同，因而他们的心中能喷出那么深厚的真情。几十年间，我常以感激的心情怀想着他们，一如怀想着也曾在延安留下瑰丽诗篇的杜甫和范仲淹。由于他们的艺术创造，使我的家乡干巴巴的土地上，增添了一层灵动的无穷的魅力。而我，延安母亲的土生土长的儿子，既然涂鸦日久，怎能不更加发奋，也给家乡的艺术花环上，增添几滴红艳和馨香呢？

延安的淳朴憨厚的老百姓，对“公家人”实在是太好了，有一种特殊的爱心，我不论走到哪个村庄，不论路过谁家，他们看见，就是一脸笑容，就忙喊“快回来”，“吃了饭再走”。好亲切的笑容，好亲切的喊声啊！仿佛我就是他们家的人，仿佛我就是他们的至亲骨肉，仿佛我就是他们家孩子的舅舅或者姑父。草色遍野，“草色呐喊连绵的鲜碧”，迎羊儿回来，迎我回来。大概由于离开家乡好多年了，对这样的热情，我很有点诚惶诚恐，而延安当地作家却显然习以为常，处之泰然。甚至，他们到了老百姓家里也竟像回到自己家一样地随便和理直气壮。领我访问的青年作家高建群就是这样。我们走进一户人家的窑洞，主人是位年轻的妇女，她的丈夫在乡政府工作，不在家，身边有个孩子。聊了一会儿，建群说：“给我们做点饭！”那口气，那神态，俨然像她的丈夫。我大为诧异，很怕得到的是一种难堪，便忐忑不安地观察女主人的反应。不料女主人却说：“你看我这个死人，连你们吃饭没吃都忘了问了！”她慌忙放下手中正纳的鞋底，又烙饼子，又熬米汤，让我们吃得很香，还抱歉地说：“那碟酸菜你们吃惯不？叫你们受屈了。要是早知道你们来，我瞎好也得准备一下，上街买上几棵鲜菜。”哦，快不要说了！我肚子早已装得满当当的了，怎么还能盛下你这么多的情意!？自然，我这也是一片真心。多年来在外面学下的虚假和客套，实在抵挡不住你的真挚，几乎在你放下鞋底的时候，就完全崩溃了。你使我想起了你的也是我的先辈。他们当年就是这么对待“公家人”的。在他们心中，“公家人”意味着什么？先锋，楷模，全心全意地为人民服务。他们对“公家人”一往情深，不但捧出好吃好喝，而且不惜以鲜血和生命加以保护。当年形成的鱼水之情，浅白地说，是惯了，一直延续到今天。难怪无数老革命，一回到延安，就感到十分温暖，而其中一些人一旦身处逆境，更是急切切地想回一回延安。每当想起这些，我们怎能不像那些老革命一样，对延安的老百姓，产生一种深深的爱戴和感激之情？

山路漫漫，路漫漫其修远兮，在我的脚下延伸，延伸。向南几百里，是轩辕黄帝的陵寝；向北几百里，是李自成的生身热土，是成吉思汗纵马飞驰又折戟荒沙的地方。南北之间，便是这宝塔高耸的延安，便是毛泽东的延安，便是革命圣地延安。一代伟人选延安作革命大本营，实在是选对了。我们古老的自强不息的民族精神，弥漫在这片土地上，如此浓重。那是云雾一样飘浮的可燃气体。火种一旦触上了它，便是千里雷声万里闪，便是天翻地覆。好像是很轻松了，不，那火种也来之不易。曾经踏破了铁鞋。曾经拍遍了栏杆。那是马克思主义的圣火。我们找了五千年才找上了。因为有了这火，伟人便自豪地朗吟了：“俱往矣，数风流人物，还看今朝！”今朝的风流人物又数哪里呢？伟人没说，但民歌却透露出这片长着五谷子田苗子的土地的自豪，连一十三省的女孩儿也要数延安的蓝花花好啊！其实伟人在另外的文字中也说出了他的厚爱，他说延安的老百姓对革命是有巨大贡献的。延安老百姓是在血与火的考验中，充分显示了他们的风流的极致的。一个小小的延安，一些数得见的老百姓，在解放战争中支前所投入的民工人次，与整个陕北解放军的人数相比，硬是翻了好几十番！如果说这还有些抽象的话，那么，我这回在山路边听到的故事，却不能不使人受到震撼。那故事说的是七只羊。老人说，那会儿战争打得紧，前线等着军粮，村里就男女老少一齐动员，大小牲口，一鞭子吆上，背，驮，运输。风雨无阻。没明没黑。挣断骨头不叫苦。可是尽管这样，还是赶不上军队的需要，有人就出了主意，让各户仅有的七只羊，也奋蹄上阵。哦，羊！上天生它，本来是让它给这世界提供肉和皮毛，除此而外，便没有它的任何义务，而让它尽情地享受清福，尽情地品尝水草的香甜，尽情地沐浴明丽的阳光，尽情地呼吸新鲜的空气，尽情地唱它的“咩咩”的通俗歌曲。开天辟地到如今，羊的老祖先可以作证，辈辈羊儿都可以作证，它们从来没有驮粮的本事。让它们驮粮，就像打着鸭子上架一样。然而，为了夺得战争的胜利，人们还是狠着心让它们这样干了。可怜这些羊了！它们举步维艰。它们趔趔趄趄。它们浑身腾着汗气血气。它们走几步便望望主人，发出痛苦的声音。几天驮下来，每只羊的脊背都是血肉模糊，惨不忍睹。末了，乡亲们把这些羊送到野战医院，想让伤员们补补身体。可是羊宰了，伤员们却不吃，因为他们看见，那剥下的羊皮，一张一张都是驮粮磨下的窟窿！他们不忍心再吃这些羊肉了！老人说得眼泪汪汪的。老人本来想通过这七只羊的故事，让我从一个侧面了解延安老百姓当年的壮烈风貌，而我觉得，我延安的父老乡亲，那时候，就是那七只羊啊！他们曾经为革命忍受过多么巨大的磨难，付出过多么惨痛的牺牲啊！他们当然不是那七只羊：羊儿是被动的，甚至还发出乞求怜悯的哀号；他们则是主动的，自觉的，被时代召唤到他们本来干不了的战争上，觉悟在胸，义无反顾。他们当然是那七只羊：像羊儿一样，一直坚持到最后，死了也把躯体献给了革命。

我是当年的羊羔羔，现在不只长大了，已经说过，而且有些老了。不过毕竟还不是廉颇，还没有到“尚能饭否”的时候。岁月的风雨，不曾剥蚀完我的记忆，而今天，在这山路上，即使是已经剥蚀掉的那些，又奇迹般地得到了复原。哦，那是既遥远又切近的情景。羊羔羔吃奶双膝膝跪。羊羔羔吃奶脸贴着娘。羊羔羔吃奶娘喜欢。我知道，我曾经吸吮着的，是沾着青草气味的带血的奶头。也许就是那七只羊的奶头。哺育过我的先辈，以他们惊天地泣鬼神的大气磅礴的精神，辉煌了整个一个时代。摔倒在地上的中国近代史，由于他们的奋斗和牺牲，终于续写出了站起来了的骄傲篇章。我的先辈是伟大的。有时候我晕头转向，老夫聊发少年狂，觉得自己能写点文章，也是蛮伟大的，但事实恐怕并非如此，连老妻都说她还没有看将出来。我曾在杨家岭的大门边栽了一棵洋槐树，几年过去，洋槐树长得高大挺拔，枝叶婆娑，心想这洋槐树长在伟人住过的地方，便可以和伟人的故居一起永存了，但不料那年再去看时，早已没了影踪。我想我的文章也是我栽下的洋槐树，虽然写了伟大的先辈，却不能因此而得到长青。文如其人，其人还没有大写出自已。五谷里数不过豌豆圆，人里头数不过我平凡！庄稼里数不过糜子光，平凡不过刘成章！我知道，在老一辈的羊群面前，我只能自惭形秽。我即使忘却自我，意气风发地全力奉献，奉献出自己所有的全部的肉和皮毛，也很难抵上他们的万一。而现在，首要的是，我不能郁郁寡欢，不合群。虽然在外面生活了那么些年，然而，卧在黄土地上我不应该嫌脏，见了青草我应该有很好的食欲。我虽然气力不行了，但也应该振作精神，跟上踏青的队伍，并以自己发痒的嗓子，唱一曲跟上时代节拍的“西北风”。绝不能让人家指着脊梁说：“那是一只乏羊”。我想我儿时的伙伴、中学的同学，也都会是这样。我想当年的羊羔羔繁衍下的又一代羊羔羔，也都会是这样。我有三个可爱的羔羔。老大的雄心胜过我的当年，到大洋彼岸吃草去了。为了吃草，羔羔不得不洗碟子，端菜盘，相当辛苦。他说，他曾在电视荧屏上看到延安，那一刻，他哭了。他说，他想延安

华阴老腔

一声长吼回荡在天际。

久久回荡。

你来不及细听也无须听清那长吼源自哪里其中含着些什么字词什么意思，只知道是被一种陌生一种新鲜一种苍苍凉凉紧紧地攫住了，并且隐约感到在它的下边，似有沟壑纵横，华山高耸，黄水流，渭水洛水也在流。

忽然大幕拉开。皱折横亘的黄土高原。高原布景的前面，是一些农家常用的木制条凳。而一帮对襟短打的朴实农民从幕后走出来，手持各种自制乐器，或者拿了大老碗旱烟袋或线拐子，各自入座。

那是一双双常摸铣把车辕和粗麻绳的手。

乐器奏响了。一派阳刚之气一阵紧一阵慢一阵激浪四溅。那敲锣的虽然只拿着一只锣槌，却同时敲着大锣小锣，手若翻花。当他敲得大汗淋漓的时候，就脱了外衫裸出双膀，只留个两侧开口的白粗布汗褂遮着前胸后背。接着外衫一摔，啐涎掌心搓搓手，就像要去淘粪或去铲土，但不是；他又以槌击锣，让锣声再次汇入雄壮的音乐音调掀起了美丽的波涛。

这时候，你不能不想起千多年前的《击壤歌》。哦，就是它，在眼前，在这现代化的舞台上，发出了灼人逼人的遗响。原始，朴拙，自然。它是如此奇特如此泾渭分明地有别于种种时尚表演，宛若野性的天籁，让人震撼，让人眼睛为之一亮。

剧场里爆出阵阵热烈的掌声。

再看时，已是白眉白发被称作白毛的老农坐在台前。他手抱六角月琴，弹、唱、说、念，一人为之。那月琴已不知是何年做的，弹了多少遍了，几条紧绷的弦下尽是手指弹下的印痕，印痕连成一片。虽然粗糙而陈旧，但恍惚间，它却像真正的月亮一般，抱在白毛的怀里。啊，不！白毛其实这时候他整个的人就是一轮最美丽的月亮了，闪射着月亮的光，发出月亮的响声，而满台的星星都拱围着他，每件乐器每个声音都跟着他跌宕起伏跟着他闪闪发亮。

其实他这时候也不是月亮般地唱，而是在吼，是由脑后发出口腔大张的高八度的吼。发达的嗓子发达的野性基因。他的吼声高亢，峻拔，激越，苍凉，如一只强悍的鹰，总是盘旋在云际天际，而乐器的相对柔美的伴奏，却如滚在三条河里的流水，铃声叮泠，总是贴着地面游走。

那是天和地的壮阔合作。

是的，高天是声水是琴。

那演唱其实是七分说唱，三分舞蹈。他们不时挥臂，呼喊，不时摆动身子。而唱到了情不可抑时，便如风雨的卷来，一起跺起了双脚。

天苍苍何其高也，路漫漫何其远也，那是一种人类心魄的高度和广度，而走在这样的路上，他们的脚下踩出了多么宏放的音响咚咚咚咚！

接着，月琴又抱在嗓音稍有嘶哑却又震慑人心的张喜民的手中。他留着分头的头发，仿佛总是被催动着汉时漕运风帆的风儿呼撩撩吹起，一看就是个精明能干的农民。老腔原本是他家世代传下来的家族戏。他弹唱得从容而又自信。

他的周围，一派关中普通村庄里的日常图景，吃饭的吃饭，抽烟的抽烟，拐线的拐线，奏乐的奏乐，唱的唱。

他吼得万籁俱寂。他的吼声里有历史和黄土的颗粒："太上老君犁了地，豁出条渠豁成黄河。""一声军令震山川，人披衣甲马上鞍。""太阳圆月亮弯都在天上，男人笑女人哭都在炕上。"没有任何包装，没有任何雕饰，只是生命的本真生命的赤裸裸的自然呈现，却散发着醉倒人的艺术魅力。神话传说，英雄故事，挫折牺牲，男欢女爱，浪漫的和现实的，快意的和悲壮的，粗粝的和绵软的，都在他的演唱里闪着异彩，成为对一个民族文明史的艺术追忆。一辈辈祖先的可亲影子，就在那追忆中闪闪烁烁。

也唱苦难也唱悲凉，凄切苦音在女声中撕裂着人们的心肺。但是正是这样的唱，千百年来，又总是激发出男子汉独对八荒永不退缩永不绝望的豪迈气概。

舞榭歌台。金戈铁马。三国周郎赤壁。"催开青鬃马，豪杰敢当先!”喇叭高奏状出战马的长嘶，而歌声不止。到了激昂处，一人唱，满台吼，马鸣风啸，刀光剑影，时或四顾茫然。但是谁说雪拥蓝关马不前？看一个干瘦老汉冲出来了，他手里拿着长凳和木块，敲敲打打，忽而将条凳放平敲，忽而斜扶着条凳敲，不断变换着姿态敲，接着进一步高高抡起握着木块的手臂，用了全身的力气，啪啪啪啪，将条凳敲打成英雄史诗大奇大美。同时歌声更酣，乐手们一齐帮腔。胸前狮子扣，哈！腰中挎龙泉，哈！好男儿，哪一个不敢冒险犯难！哈！啪啪！

啊，多么带劲多么震撼心灵的华阴老腔！

你不能不在心窝里发出阵阵回响。

那其实是山河的宏大律动。

它对于那些灯红酒绿下的阴盛阳衰或不男不女的浮糜灵肉，也许是一种提醒和救赎。

望台上。

干瘦老汉在敲打一阵之后，依然像平日劳动那样，啐涎掌心搓搓手，重新开始，掀起新的高潮。他敲打得那么认真，好像要从条凳中敲打出一个什么秘密来。

像节日的焰火灿烂着天地，像声声炸雷翻滚在山坡，回看张喜民，他演唱得何其精彩！演唱到每节结尾的时候，众声一齐掺和进来，而张喜民那常常高扬在云天里的吼声，早在人们不注意间，了无痕迹地款款落下，与伴奏与众声浑然一体唱成了拖腔，其声一改先前的豪放之气，已然变得出奇地婉约细柔，有如一条放生于水中的细长黄鳝，情意绵绵明澈透亮地左游右游，拐了好几道弯儿，让你舒服得受活得心尖儿都在打战。而就是在这时候，却又有长板凳和喇叭的猝然切入，猛敲狂奏，并且众声齐吼，众脚齐跺，音乐则上下大跳。这一切都抽扯着你撞击着你爽意着你，使你觉得自己快要消融快要粉身碎骨了！

而啐涎掌心搓搓手，众乐手依然不依不饶，光华追逼，高潮迭起，只见张喜民手中的月琴漫天挥扫，并且又掺和上一些人的拍手和吹口哨，满台子无人不动，无头不动，无臂无动，无腿不动，无颜不动，无声不动，动成生命的万类蓬勃，凤舞龙吟，长城内外战马奔腾，大河上下箭镞翻飞，交错碰撞又淋淋漓漓，而每个演出者都是一个炸药包了，让人怯于正眼直视，因为你只要稍稍扫一眼他们就会爆炸，但是还是爆炸爆炸爆炸爆炸爆炸，冲击波冲向四面八方，那磅礴的气势排山倒海的力量，一霎时，有如从宇宙间的一个什么地方卷来一股威力无比的百万级飓风，把整个世界都给抬起来了！啊，这华阴老腔！

忽然疾捂钹弦。演出戛然而止。这时候，观众们才从天翻地覆中清醒过来，多么兴奋！都转过脸去互相兴奋难捺地看看，赞叹不已，然后，又齐刷刷地把目光再次投到台上。

那是一群经历了无数沧桑的拉船人的后代。那是一群惯于吞咽油泼辣子彪彪面的汉子。那是一群民间古老艺术的传承者。他们所展现出的生命力是那么绚烂和昂扬！

与其说他们愉悦了观众的精神，毋宁说他们是给当今这浮躁世界浮躁生活，送来一股返璞归真的清新之风。

这样想时，却见演唱者一齐走到台边。

就像刚刚割麦回来，手执乐器的他们，那些老农、中年汉子和婆娘小伙，一个个额头汗珠晶莹。他们向观众们频频致意。

掌声如三水汇合，澎湃不息。

为了答谢观众，又是一声长长的呐喊，雄豪，苍劲，悲凉。

那声音，仿佛从秦从汉一直呐喊到今天。